待用咖啡

日常生活的哲学

[意] 卢西亚诺·德·克雷申佐 著

王子昂 译

PHILOSOPHY

IL CAFFÈ
SOSPESO

中匿出版集团　现代出版社

版权登记号：01-2021-5487

图书在版编目（CIP）数据

待用咖啡 /（意）卢西亚诺·德·克雷申佐著 ; 王
子昂译 . -- 北京 : 现代出版社 , 2021.8
　　ISBN　978-7-5143-9398-9

　　Ⅰ . ①待… 　Ⅱ . ①卢… ②王… 　Ⅲ . ①随笔－作品
集－意大利－现代　Ⅳ . ① I546.65
　　中国版本图书馆 CIP 数据核字 (2021) 第 167872 号

IL CAFFÈ SOSPESO. SAGGEZZA QUOTIDIANA IN PICCOLI SORSI
© 1977 Arnoldo Mondadori Editore S.p.A., Milano.
© 2016 Mondadori Libri S.p.A., Milano.
The simplified Chinese translation rights arranged through Rightol Media
（本书中文简体版权经由锐拓传媒取得 Email:copyright@rightol.com）

待用咖啡

著　　者：［意］卢西亚诺·德·克雷申佐
译　　者：王子昂
策　　划：王传丽
责任编辑：张　瑾
封面设计：所以设计馆
出版发行：现代出版社
通信地址：北京市安定门外安华里 504 号
邮政编码：100011
电　　话：010-64267325　64245264（传真）
网　　址：www.1980xd.com
电子邮箱：xiandai@vip.sina.com
印　　刷：三河市宏盛印务有限公司
开　　本：880mm×1230mm　1/32
印　　张：6.75
字　　数：140 千字
版　　次：2021 年 10 月第 1 版　　印　　次：2021 年 10 月第 1 次印刷
书　　号：ISBN 978-7-5143-9398-9
定　　价：55.00 元

目录

本书中的一些章节是由曾发表在日报和周刊上的文章重新修订而成的。

引言：待用咖啡

　　在那不勒斯，一度有一个美好的风俗：兴致高的人在餐吧点咖啡时会点两杯而不是一杯，第二杯留给紧接着到来的客人。换句话说，这杯咖啡是留给所有人的。然后，时不时会有人在餐吧门前，询问是否有一杯"待用咖啡"。这一风俗形成的原因是贫穷的客人比富有的客人多。遗憾的是，现在不仅没有人多点一杯"待用咖啡"，连愿意享用它的人也没有了。有一天我结识了一位值得交朋友的好心人，他直接点了五杯"待用咖啡"。

　　依我看，正医如此，意大利调整咖啡的价格可能是个错误。每个地方的咖啡都不一样：首先是味道不同，其次是质量（北方的咖啡好到要按厘米计价，一杯的价格至少是南方的两倍）有别，最后是功用不同。哥德防线以北的意大利人情绪低落的时候喝一小杯烈酒提神，而在那不勒斯人们则选择喝咖啡。而且，相信我，如果想要达到效果，至少要喝上三杯，还得是好咖啡。但每天喝三杯咖啡的钱该花还是要花。也许这咖啡钱也该被纳入医保。

　　那不勒斯的咖啡和米兰的不一样，量极少而味极浓，一试便知。最重要的是，就像先前提到的那样，它不仅是一种深色的液体，还是一种交友方式。假设有一天，我们在那不勒斯，在马尔蒂里广场上碰到一个朋友，一句"我们去喝杯咖啡吧"是再平常不过了。这在我看来就相当于一句"早上好"。

而现在，让我们拿那不勒斯的咖啡跟米兰的，或直接跟慕尼黑的咖啡来做个比较。德国的咖啡往下走，而那不勒斯的咖啡上头。它那一口多一点的量不是没有道理的。

后面的这些章节就像那不勒斯咖啡：简短，美味，但上头，能让头脑感到一阵兴奋。

不成对的鞋子

有一天我奶奶对我说："南尼，这是你已故的爷爷的鞋，你把它们卖掉，买点有用的东西吧。"那双鞋卖了七里拉还是七十里拉我已经记不清了，但钱数里确实有个"七"。不管怎么说，卖掉的那双拖鞋、爷爷那看不起它的神态和他说的话我都记得很清楚："没错，是还能穿，但它们跟坏了没有两样，你没看到这只鞋底已经这么薄了吗？现在只穿到托雷多路就得把它扔了！"

考虑到我家靠利息生活，家境富裕，这个故事就更加耐人寻味了。的确，在那不勒斯，鞋子不是消耗品，而是遗产。我想说，在我看来鞋子一般会被使用到它能承受的极限。鞋底的破洞和鞋面的划伤对一双那不勒斯的鞋来说不过是暂时的不幸。经过悉心照料和精心打油擦亮，里面垫上一张合适的报纸，放在阴凉背光处，鞋子就自信满满地进入冬眠，准备下一年再穿。

时尚不会破坏鞋子和它的主人之间的亲密关系。但是，在这世上没有什么是永恒的，那不勒斯的鞋子也会走到说永别的那一天。收旧货的人，也叫"换肥皂的人"（用肥皂换取旧物的人）。他们不知疲惫地走访那些条件不错的家庭，于是，有时那些穿过、补过的，默默见证了悲伤和喜悦时刻的鞋子会离开它们原来的主人，开始一段新的生活。

在出色的手工匠人——那些鞋界"巴纳德"（外科医生）的手中，我们的鞋子重获新生，焕然一新。一旦重新获得生命，它们就又被摆在卡萨诺瓦桥附近的小路上售卖："先生，买下这双鞋吧，便宜卖，这鞋是位老爷的，他时不时就得出差，把这双鞋落在了那不勒斯。那位还没穿过呢，这鞋实际上是全新的。"

就这样，这双鞋再一次被购买、使用、修补，直到它们中间更脆弱的那只说："够了。"鞋匠摇摇头。没办法，只能扔了它了，留下最多也就是为了在年底的时候能把它丢出窗外。但至少另一只鞋还能穿，现在它变成了寡妇。一只拖鞋看看它，考虑了一下介入的机会，然后决定行动。修理、修补、打油擦亮之后，我们的鞋子最终出现在斯帕卡那波利街的鞋摊上。鞋摊的牌子上写着"不成对的鞋"，我们的鞋子找到了新的伴侣和新的主人。所有这一切叫作：反消费主义。

谁告诉你们这一定是坏事

从前有一个中国农民，他的马跑了。所有邻居都试图安慰他，但这位中国老人却非常平静，他回答说："谁告诉你们这一定是坏事？"果然，第二天，跑掉的那匹马自己回到了他的农场，还带回了五匹野马。于是邻居们赶忙向他道贺，他却阻止了他们，说："谁告诉你们这一定是好事？"几天后，这个农民的儿子在骑那几匹野马中的一匹时摔断了腿。邻居们又纷纷表示同情，而这位中国老人还是说："谁告诉你们这一定是坏事？"就像是应了他的话一样，之后爆发了战争，唯一幸免于难的就是他的儿子，因为他摔断了腿，所以没被派往前线。

这则寓言没有结尾，我们可以把它运用到生活中去，无论是公共生活还是私人生活都可以。许多一开始让我们觉得无可救药的不幸背后往往藏着我们绝对没有想到的好结果，而我们只需稍做等待，顺其自然。

总而言之，对待事情像对人一样，永远没有必要急着根据初始的表象下定论。

懒惰是美德之源

　　每当我想重新评价自己的时候，总会想到我完全无法做到无所事事。确实，长久以来懒惰被视作邪恶之源，是否懒惰是衡量一个人的品质的有效标准。能做到懒惰的人；能一动不动地待着，无须另一个人陪伴的人，完全有权利被视作超人。可惜，我做不到。

　　由于我是单身，我十分害怕独自在家又没有事做。然而只有上帝知道我多么钦慕希腊哲学家们的智慧。一天，有个人邀请苏格拉底去苏尼翁角游玩。苏格拉底非常礼貌地问道："为什么我应该到苏尼翁角去呢？"

　　那个人回答说："因为，今晚在苏尼翁角会有一次极美的落日，而且你还可以欣赏树木、海洋和山峦……"

　　"您看，"这位伟大的哲学家坦白说，"落日、树木、海洋和山峦与我毫无关系。我唯一感兴趣的是在人类灵魂内部，特别是在我自身内部进行的旅行。因此，请您别见怪，我要留在家里。"

　　以前在希腊，为工作而卖力的人都被人瞧不起，他们被叫作"手艺人"。甚至连艺术家也不被人尊重，尤其是雕刻家。

人们如此评论菲迪亚斯或普拉克西特列斯："他们是很出色，但他们搬大理石块的时候也是要卖力的呀！"总之，静止不动，除了思考什么也不做，也是一种成长。

如果有一天，希腊七贤……

有一天，希腊七贤决定去聆听德尔菲神庙的神谕。当大祭司看到他们登上神庙的台阶的时候，都不敢相信自己的眼睛。令人难以置信：全希腊最睿智的人都在那里，在他的面前，全部七位都在，做好了准备来分享他们的智慧！他怎么能不善加利用？的确如此，他出于尊重鞠了一躬之后，就向七贤要了亲笔书，或者，更确切地说，他要的是能刻在神庙的墙壁上的格言，好让这个意义非凡的事件裨益后代。

贤人们一个一个地拿起凿子，爬上凳子，在太阳神阿波罗的神庙的墙上刻下对他们而言最有意义的句子。

第一位上前的是斯巴达的开伦。然后，慢慢地，其他贤人都开始排队，具体顺序是：克利奥布拉斯、拍立安得、梭伦、泰勒斯、庇达卡斯和拜阿斯。以下这些，据历史学家们所说，就是在那天被雕刻下来的格言："认识你自己""适度即为善""生命中最美是平静""先学顺从，后习施令""铭记朋友""归还寄放在你这里的物品"。

唯一一位连一个字也不愿意写的，是普林奈的拜阿斯。他的同僚也无法让他改变主意。

"怎么能这样呢，你是七贤中最贤德的人，是古希腊思想中最耀眼的光芒，怎么能不愿意为后代留下启示呢？你要知道，拜阿斯，阿波罗可是会觉得受到冒犯的！"

"为了你们，为了阿波罗，为了后代着想，我还是不要在神庙的墙上写任何东西比较好！"

之后的事情是怎么发展的，大家都知道：执意坚持，极力主张："哎呀快点，你也写点什么吧！"最后拜阿斯也被说服了，然后在大祭司讶异的眼光下，刻下了如下的格言："多数人皆为恶人"。

几年后，赫拉克利特对此说法发表看法，并做出了不小的改动。"这不是真的，"他断定，"并非多数人是恶人……他们只是无知罢了。"苏格拉底也觉得他说得有道理。"走上恶途的人，"这位伟大的雅典人解释道，"他们这么做，只是因为不识善途，不然他们就不会愚蠢到每每选择山长水远、令人不满的恶途了。"也就是说，行善事是需要自己去选择的。

读着最近几个月的报纸，这三个人：拜阿斯、赫拉克利特和苏格拉底又都回到我的脑海。我问自己，灭绝种族的屠杀、滥杀、弑亲分尸、乱伦、儿童暴力、强奸，以及各式各样的种族清洗行动是否可以归罪于邪恶，或是愚蠢？不仅如此：如果是邪恶让世间恶行肆虐，我问自己，是年轻人更邪恶，还是老年人更邪恶？是非欧洲公民更邪恶，还是意大利人更邪恶？是大学毕业生更邪恶，还是文盲更邪恶？是北方人更邪恶，还是南方人更邪恶？好了，我做出了这样的结论：不存在邪恶的种族、阶层或民族，只存在不懂博爱的单独个体。

　　在德国发生的大屠杀不应该全部归罪于希特勒。如果不是有组织上的问题，系统地消灭六百万希伯来人本来会至少需要三十万犯罪者的通力合作。现在，由于我拒绝去想三十万这类个体是在本世纪[①]初、全部在一个国家里出现的，所以我应该能推测到的是，在所有国家、所有时代，都有三十万个具有犯罪天性的个体。就是说只有偶然的机会能让他们自己发现。事实上，"震怒之日"迟早会到来，那个时候，我们身体里的那个犯罪者（我承认他确实存在）就会醒来。

　　也许昨天夜里送我回家的出租车司机就是个潜在的纳粹分子。他也有监工一般冷酷的眼神。只是现如今的意大利没给他提供多少"展示"自己的机会，因此，他只能在堵车问题上跟其他司机平淡无奇地吵吵架，只是这样他并不能折磨他们。之后，在糟糕的一天爆发了一场战争，我们的这位司机登上了前所未有的、邪恶的舞台，这次他不再穿得像司机一样，而是穿上了令人生畏的军服。

　　还有一点需要搞清楚的是，犯罪者是生来如此，还是后天形成的。让－雅克·卢梭曾写道，人生性本善，一部分人后天变成野兽是社会的过错。这一点，大体上来说，一直以来都是左派的论点：改变社会，之后人就会改变。这就像是在说：加快推进市场的利己主义的发展，人类就会变得更好

---

① 译者注：指二十世纪。

一样。说实话，卢梭关于"变野蛮了的好人"的理论没太能说服我。相反，我一直认为，一个国家的法律的制定，更应该考虑人"实际上是什么样的"，而不是人"应该是什么样的"。总之，我认为这位法国哲学家说的在一定程度上是有道理的，我们应该在学校里添加"道德教育课"。从最小的小学的孩子们开始，向他们解释什么是对弱者的尊重。谁知道随着时间的推移，犯罪会不会减少呢？

忽略质疑，即是愚蠢

信仰真正的对立面不是理性，而是质疑。我们试着来对信仰下个定义，也许我们就能找到答案。人生中有些事是能搞明白的，有些事是搞不明白的。我们举个例子：水在一定条件下在一百摄氏度沸腾。如果有人不相信，那就取出一口小锅，装上水，放在火上。然后，几分钟后，就会发现水开始沸腾了。这时取出一支温度计量一量温度。不久之后他就会感叹："耶稣呀，耶稣，正好是一百度！"好了，这就是科学。

然而，关于灵魂和来世，没有人知道任何确切的东西。但大部分人相信，并发誓说它们一定存在。对此，每种宗教都给出了自己的答案，而我们每一个人，根据出生地的不同，各自信仰着某些不能被证明的东西。比如我自己，只有死后能够与我的父亲和母亲重聚，能够跟他们、跟托托 [①] 和费里尼 [②] 一起闲聊的愿望，让我相信永恒生命的存在。这就是信仰。

最后，还有一些事是"搞不明白"，且"无法相信"，

[①] 译者注：托托（1898—1967），意大利著名喜剧演员。
[②] 译者注：费德里克·费里尼（1920—1993），意大利电影导演、编剧、制片人。

但可供"探讨"的。这就是哲学。现在我们问一问自己，有没有一点将哲学同其他的人类活动区分开来？当然存在这样的一点，它就是质疑。科学家一旦证明了他发现的定律，就会将其运用到接下来的研究中去。信徒也是这样，把他的一切思想建立在他所信仰的东西的基础之上。而哲学家则对定义，或者如果你们更喜欢，可以称之为"对罪恶"充满怀疑。哲学家从早到晚都践行"探寻主义"（在希腊语中意为"寻找"），也就是认为人应该永远探寻的信条。

在谴责质疑之前，我要为它辩解几句：从一而终地信仰上帝存在的人，是绝不会比一直质疑上帝的人距离上帝更近的。我，就是这些人中的一个。我将"信仰"这个动词替换成了"希望"，这就是"我希望上帝存在"的原因，进一步说，我确信上帝存在，但只有百分之八十的情况是这样。有时我的这个百分比会上下浮动，尤其是在我被卷入过于明显的不公正事件的时候，这时我称之为"希望"的东西变成了"畏惧"，这个百分比就会下跌到百分之五十，甚至直接降到百分之四十。

我曾有一个侄子，他是个非常出色的男孩儿，从来没有伤害过任何人，他在慢慢地无法使用他的双腿、双手，无法说话、看不见之后，死于多发性硬化症。我问我自己，为什么，上帝为什么不把如此残酷的疾病施加给奸杀儿童的人呢？我得到的回答是，真正的生活不是我们现在所过的生活，而是死后等待着我们的生活。确是这样，但与此同时，我的百分比又猛然下跌了。

　　做热爱质疑的人意味着要持续地问类似的问题，也正是质疑在抑制我们更坏的冲动。事实上，真正的哲学家公开信奉"暂缓"，即暂且推迟下判断，不草率下结论。他们会分析每一个选择的利与弊，然后再做决定。当你们遇到一个爱质疑的人的时候，别担心，别害怕：他一定是个优秀的人。像希特勒那样的人，你们记住，他们从来没有过质疑。如果我们想说得更彻底一点，愚蠢的人也是这样，他们时常，且自愿忽略质疑。

　　"但你真的确信如此吗？"有的人可能会问我。

　　"我毫不质疑！"我会回答。

"我不演奏是为了不打扰人"

想在那不勒斯筹备一顿商务早餐？那是不可能的。这座城市并不井井有条：这里没有专门的餐厅，菜品都是由碳水化合物构成的，侍者和食客们不同意有任何隐私，结果就是，游吟艺人们不停地转来转去，他们坚信只要是在餐厅吃饭的人就会都想听《哦，恋爱中的士兵》[1]。

所有这些并不意味着在那不勒斯就不可能在饭桌上做成生意。

简单地说，这里的做法不一样，你需要学会适应。比如，我记得，当我还在那不勒斯工作的时候曾经与一位客户吃过一顿商务早餐：我决定不去"奇罗在圣布里希达"餐厅，虽说在那里我肯定会吃得很好，但相对地也会有太多的人。我听说在圣露琪亚有一家餐馆，就在电影院门口，我考虑了一下，在那个时间我不会碰到太多人，他家的顾客群都习惯在凌晨两点左右用餐。一切都如预料中一样：餐厅里基本是空的，

---

① 译者注：《哦，恋爱中的士兵》是由意大利作词人和诗人阿涅洛·卡利法诺（1870—1919）于 1915 年创作的一首那不勒斯方言歌曲。

蛤蜊意面之后就是令人煎熬的问题：吃肉还是鱼？无论如何，点的菜都大差不差按礼节上齐。吃饱了之后，我刚开始谈我准备好的话题，他就来了：从不缺席的、奉行宿命论的、消瘦的、微笑着的游吟艺人。他穿得像点餐的侍者，贫而不屈，衣着颜色和细节都符合一个艺术家的身份，配着一把色彩艳丽的吉他，在空旷的餐馆里前行，赖在离我们的餐桌大约三米的地方不走。我本想顺从而耐心地听我们的游吟艺人动人地唱"你是加那利桔梗，即便将要死亡，也会高唱新曲"，没想到他完全出乎我的意料，他安静而恭敬地看着我们。

我继续谈工作，而且我感觉这次游吟艺人在等着我们的谈话结束。但是，在我们休息的间歇，他谨慎地走过来，微微鞠了一躬，递给我们一个纸板，上面写着：我不演奏是为了不打扰人，谢谢。

我给了他五百里拉，他走了。

在给我们结账的时候，餐厅的侍者盖塔诺对我们说："这个可怜人，他是孩子们的父亲，但他根本不会演奏！①"

———————————

① 译者注：原文为那不勒斯方言。

"法官大人，我想申请一份量刑评估"

尊敬的法官大人：

　　谨以此书恳请贵部为本人从现在起到某一天可能会犯下的罪过提供一份量刑评估。鉴于你们近来正在进行减少刑罚的运动，能否提前告知，如果我将常年用他的恶行迫害我的会计——G.B.里戈蒂除掉会判几年监禁，我将十分感激。

　　之前我一直惧怕并拒绝去做我会犯罪的假设，坦白地讲，也是因为，将在监狱里度过我的余生的前景让我相当害怕；但现在，在最近这些轰轰烈烈的赦免出狱情况发生之后，我向您承认，我在重新考虑这件事了。事实上，我在某个地方读到过，意大利被释放的罪犯竟达到近二十万名，而国家监狱的全部床位不会超过三万张，就是说，在那些拥挤的监狱，尤其是圣母监狱和佩焦勒雅雷监狱，如果不提前预订都进不去。

　　由于这个可能会成为受害者的、先前提到的会计里戈蒂绝对是个令人厌恶和反感的人（他每个周六的晚上都殴打他十几岁的女儿，每次那可怜的女孩儿回家晚了都会挨打），也鉴于他让我蒙受的日常的欺压（他把车锁上并停在我的车前面，把电梯仓外面的门敞开停在五楼，不出意料地在公寓的房主会议上反对我的一切提议），如果贵部向我保证在我犯罪后经过一段形式上的、不超过三个月的监禁后将会把我软禁，我就会决定把这个人从物理上消灭掉。

关于罪行和惩罚，我有一个至交，他是法律事务的专家，他向我保证，根据最新律法，在罪犯坦白说再不犯此罪（幸运的是，我没有其他的会计里戈蒂能杀）的情况下，只要他对自己已犯下的罪行诚心悔过，那么从逮捕之日的第二天起就直接可以被软禁。照这么说，我杀了里戈蒂之后，做好准备，在监狱里过二十四个小时，换过一次被单，去个最近的派出所，然后他们就会让我以名誉担保以后不会再犯。

好吧，如果这一切都是真的，我的大人哪，您就是对我明说，从今天起，我可以采取行动解决里戈蒂这件悬而未决的事了。最后我向您保证，我是个真正知道悔改的人，此外我还是个学者，经典著作的爱好者（还是据我那位朋友所说，法官们对是学者的杀人犯可能会更理解一些）。

在信的末尾我要说，我一点也不害怕软禁，尽管它会持续很多年。从另一方面来讲，请相信我，法官大人，城市里有那么多自由地转来转去的杀人犯，离开家也不是很可取的事情。

此致

敬礼

赞同贺拉斯[①] 还是塞涅卡[②]

在我看来，根本的问题是痛苦。有的人想用尽一切手段避免痛苦，而有的人认为痛苦是通往天国不可或缺的通行证。到这一点就跳出了一整个系列的矛盾。我们看到一些无神论的世俗之人（感谢上帝）尝试帮助他人，我们会听到那些基督教徒违背了基督教教义说，他们更愿意看着其他人受苦。对于这些人来说，安乐死和人工授精都是应该避免的行为。他们一看到有减少一丁点痛苦的可能性，就要站到对立面去。基督教徒最喜爱的口号"我们生来是为了受苦"不是没有缘由的。而当苦痛促使一个人向上帝求助时，他也会受到不少折磨。也就是说，对教会而言，痛苦最终会成为权力的工具，也就意味着受众的增加。

一切都是从两千多年前开始的，那时哲学分成了两个相反的派别，两派针锋相对：一方面，斯多葛派信仰受苦，另

---

① 译者注：昆图斯·贺拉斯·弗拉库斯（前65—前8），古罗马诗人、批评家、翻译家。
② 译者注：塞涅卡（约前4—65），古罗马政治家、斯多葛派哲学家、悲剧作家、雄辩家。

一方面，伊壁鸠鲁^①派更倾向于享乐。该赞同谁呢？是该赞同那宣扬尽早及时行乐的贺拉斯，还是那坚持认为痛苦能让人赞赏的塞涅卡？是该赞同那认为身体比灵魂更重要的卢克莱修^②，还是那认为人是被分配了角色的演员的爱比克泰德^③？然后，如果饰演这个角色要在舞台上被迫扮演受苦的演员的话，就忍着点儿吧。

　　所有伊壁鸠鲁派都相信现在，所以也相信"愿寻乐者且行乐，明日之确不可得"^④；而斯多葛派则更愿意追求明天。对于基督教徒来说，真正的生活只有死亡来临后才能获得。换句话说，所有宗教派别，到最后都是斯多葛派的，都是追求明天的。

---

① 译者注：伊壁鸠鲁（前341—前270），古希腊哲学家、伊壁鸠鲁学派的创始人。

② 译者注：提图斯·卢克莱修·卡鲁斯（约前99—约前55），古罗马诗人和哲学家。

③ 译者注：爱比克泰德（约55—约135），古罗马最著名的斯多葛学派哲学家之一。

④ 译者注：这句诗节选自洛伦佐·德·美第奇（1449—1492）于1490年创作的《巴克科斯和阿里阿德涅的胜利》（又名《酒神之歌》）。

该上宗教课了? 苏格拉底建议信仰质疑

苏格拉底：我的好斯瑞西阿德斯^①，我看到你皱着眉头，心事重重，是什么原因让你痛苦？

斯瑞西阿德斯：哦，苏格拉底，一如既往，你的目光比鹰隼还要敏锐，你解读我的灵魂，就像太阳神阿波罗解读未来之书一样。

苏格拉底：哦，斯瑞西阿德斯，到底是什么让你如此不安？

斯瑞西阿德斯：是我最小的儿子——斐狄庇得斯——他决定驳斥祖先的宗教。

苏格拉底：你到底在说什么呀？斐狄庇得斯，出色的学者斐狄庇得斯，竟能对雅典的诸神犯如此大不敬？！

斯瑞西阿德斯：可惜，就是这样，哦，苏格拉底，他的老师陶里罗科就在今天会见了我，对我说那孩子表现出了想要信仰阿蒙^②的意愿。

苏格拉底：埃及的阿蒙？

---

① 译者注：苏格拉底和斯瑞西阿德斯都是古希腊喜剧作家阿里斯托芬（约前446—前385）的喜剧《云》中的角色。

② 译者注：阿蒙是埃及的最高神。

斯瑞西阿德斯：正是他。由于几周以来，在雅典学院，除了传统的学科（文学、音乐和体育训练），他们应政府要求又加入了宗教的课程。现在好了，一些来自色雷斯[①]的学生，由于不是宙斯信仰的追随者，而是女神本迪斯的信奉者，他们好像在宗教课上就宗教教学对老师提出了一些不敬的问题。

苏格拉底：如何说是"不敬"？

斯瑞西阿德斯：我不知道……他们好像是就宙斯变成金雨之后如何与达那厄交媾的问题问了一些技术性的细节，在老师给出了相当令人尴尬的回答之后他们用胳膊肘轻轻碰了碰彼此，开始嘲笑老师。

苏格拉底：说实话，像他这样大时，我也对神话有很多好奇。而我说服自己的方法是，要解释宙斯的变化，关键全在象征性，否则我们就得承认宙斯是个非常淫荡的神。

斯瑞西阿德斯：除了对神话的解读，那些色萨利[②]学生不停地打断授课，最后激怒了年长的老师，在他去咨询了五十人会议之后，决定把那些不忠诚地信仰宙斯的学生全部开除。

苏格拉底：然后呢？

斯瑞西阿德斯：然后那些被开除了的孩子们，由于不知道如何打发他们的时间，就组了两支球[③]（足球）队：一支阿蒙队，一支本迪斯队，然后就在学校正前面开始踢球。

---

① 译者注：历史学上的东欧地名。

② 译者注：希腊一大区名。

③ 译者注：原文是希腊语"球体"的拉丁文拼写。

苏格拉底：那这跟斐狄庇得斯有什么关系呢？

斯瑞西阿德斯：我的孩子听到外面那些踢球的孩子的喧哗，他就也决定要放弃宗教课，去信奉埃及人的信仰。

苏格拉底：你问过他这样选择的理由吗？

斯瑞西阿德斯：问了，哦，苏格拉底，然后他回答我说："父亲，我还是相信雅典的神明的，但埃及队这边缺少一个左边锋。"

苏格拉底：从你向我讲述的这些来看，哦，斯瑞西阿德斯，我认为要想让雅典的孩子们对他们信仰的宗教感兴趣，五十人集会应该将宗教课换成质疑课。

斯瑞西阿德斯：我不懂，哦，苏格拉底！

苏格拉底：我相信，一个好的教师应该在他的学生中间不断播撒质疑的种子，然后提类似这样的问题："你确实认为奥林匹斯山上生活着神明吗？""你真的确信灵魂的存在吗？""你有没有想过死后可能会是虚无，或者只有虚无？""如果没有神明呢？"

斯瑞西阿德斯：你相信问这些尚未成熟的孩子们这样糟糕的问题会有用吗？

苏格拉底：是的，哦，斯瑞西阿德斯，因为一个有争议的神，一个诞生于质疑的神，或是诞生于灵魂中的神，比由外部的教义强加的神会更有力。

斯瑞西阿德斯：但这些可能会引起混淆和骚乱。年轻人需要确切的东西，为了让他有朝一日能成为守法的好市民。

苏格拉底：根本不对，质疑是民主制度的基础，信仰一直以来就是暴力之源。

斯瑞西阿德斯：信仰是暴力？你到底在说什么呀？哦，苏格拉底！我不再认为你是埃洛佩切^①最温和的哲学家了：难道米利都派说在你的主张中隐藏着诸神的敌人是有道理的吗？

苏格拉底：我不是诸神的敌人，哦，斯瑞西阿德斯，但我向你确认我刚刚说的话：信仰就是暴力！任何信仰都是：宗教的、政治的和体育的信仰都是。我记不起名字来的那个阿拉伯的中校不就是个暴力分子吗？那些独裁者、敢死队、恐怖分子、鼓吹宗教战争者和足球球迷不应该是有信仰的人吗？而质疑，我的好朋友，是一位神明，它彬彬有礼地敲敲你的门，请求你倾听。质疑会表达它的想法，但一旦某人向它证明它错了，它也愿意改正。质疑是人类的至高美德——求知和宽容之父。

斯瑞西阿德斯：那如果你的改革不起作用，有信仰的学生们不愿意放弃他们所确定的东西呢？

苏格拉底：那么我就组织一场盛大的球赛：质疑队对教义队。

_____

① 译者注：雅典围墙外的城市。

那些像哥伦布一样的外星人

从"而它仍在运动①"到我们的时代，信仰与理智之争一直存在着。在伽利略的时代，主张人类不是宇宙中唯一的居民是真正的渎神，而今天，就此问题，梵蒂冈②的支持者变得非常宽容：就算承认也许其他星球也有生物居住也没有什么问题。地球以外的有生物的星球，从统计学上来说，是真的存在的。事实上，由于一个中等的星系包含上千亿颗行星，而全宇宙少说也有几十亿个星系，所以如果说我们的行星是唯一一个有生物居住的行星，就有些奇怪了。这样说来，与地球以外的生物进行联系的可能性有多大呢？

实际上没有这种可能，我们来看看为什么。确实，光是看见点微光穿过天空，就说看见了 UFO，这很难让人相信。我们希望中的星球与我们的距离是如此遥远，阻碍了一切的接触。

我们做几个乘法就会明白这件事。只要我们在我们的太

---

① 译者注：相传是伽利略（1564—1642）在被迫公开宣布放弃地球绕太阳运动的主张之后的喃喃自语。

② 译者注：位于意大利首都罗马的内陆城邦国，是天主教教宗所在地。

阳系中，就没什么值得高兴的：距离太阳最近的行星都是货真价实的火球，距离太阳远的星球则荒无人烟，气温有零下几千度。唯一一个能见到健康的地球外生物的希望是转移到另一个太阳系中，找到一个大小跟我们的地球差不多的行星，且它绕行的位置到恒星的距离必须容许生命诞生。

　　但是，在欢欣鼓舞之前，我们来试着计算一下我们和这些星球间的距离。现已发现的距离我们最近的是绕恒星天苑四旋转的行星，这颗恒星距我们"只有"10.5光年。10.5光年是什么意思？

　　——意思是这颗恒星上的光照到我们这里需要十年半。我们现在用天苑四到地球的距离与月球、太阳到地球的距离来比较一下。月球上的光到地球所需要的时间比一秒多一点，太阳的光到地球所需要的时间是八分二十秒。因此，天苑四离我们的距离要远得多。

　　我们假设，比如，有一天发明出了一种特别强劲的手机，它是如此强劲，以至我们可以用它跟天苑四的居民通话。对话大体应该是这么进行的：我拨打天苑四上的用户的电话，然后把手机放在耳边，耐心地等人接听。21年过去（去10.5年，回10.5年），终于听到有一个微弱的声音说"喂"。我问道："是帕斯夸莱吗？"又是21年的等待，又是那个微弱的声音对我说："不是，您打错了。"所有这些还只是发送信息到离我们最近的星球所需要的时间，且前提是假设手机的电波穿过空间的速度是光速。但是，如果我们说的是跨星系的旅行，考虑到光速是每秒三万千米，而宇宙飞船如此庞大，连达到时速三十万千米都困难，如果要飞行像从天苑四到地球这样的距离要花上几百万年。有人会反驳我说，我们无法了解地球外生物所达到的科技水平，它们可能在几百万年前进入休眠，就为了在它们到达地球的那一天能以最精神的状态醒来。我同意，我说，一切皆有可能，但有一点是肯定的，如果发生了这样的事情，上述外星人不会现身在几个牧羊人面前随后很快就回去。我们一定会在晚上八点钟的电视新闻报道中看到它们。

许多年的旅行过去后，这些外星人可能没有一个会说："欸，我们停一下。喝杯咖啡，然后我们就回去吧。"没有一个外星人好奇，想知道我们是怎样的构造吗？不想知道地球上都有哪些矿物吗？我们来做个历史对比：我们想象自己在主历 1492 年。今天是十月十二日。瓜纳哈尼岛^①上一个可怜的土著，在曙光初现时，看到三艘快帆船靠岸。然后，突然，这些船掉转方向，消失在了地平线上。那些船的领头人，一个叫克里斯托弗·哥伦布的，对船员们说："先生们，就像我之前跟你们说的一样，这是亚洲的海岸。但现在我们别浪费时间，赶紧回到西班牙通知女王。"

那可怜的土著，呆若木鸡，跑着去找他的首领讲述这件

---

① 译者注：现名圣萨尔瓦多岛，位于西印度群岛，是哥伦布看到的第一片土地。

事情："大首领，我看到三个 UFO 到了海边。"

"现在它们在哪儿？"

"他们不见了。"

"别说蠢话了！"

没有人会相信他的！

"伽利略先生，请您告知爱因斯坦先生……"

　　我喜爱爱因斯坦，但我不太清楚是为什么。尽管他的成就在于科学研究方面，但比起他在物理领域的发现，打动我的还是他充满讽刺意味的眼睛、他不拘小节的外表，以及尽管到达了巅峰，却仍然深深地保持着人性的品格。对我来说，爱因斯坦是戴着小丑面具的智者。

　　很早之前曾有一期介绍爱因斯坦和相对论的电视节目。我像之前无数次一样，集中我全部的注意力，坚持守在电视前想要搞明白。我认真地听着解说，解说很清晰，尤其是齐基基教授[①]说的话，我一个字都不漏掉，我们的这位著名的物理学家连最深奥的概念都能够转换成大众熟悉的通俗语言。没办法！我只接受我已经懂得的事物，一如既往地，所有的意义都被我忘掉了。或许真相是，对我来说，这该死的相对论根本无足轻重。但我衷心渴望知道宇宙是怎么形成的、我们是谁、我们来自哪里、我们将在哪里终结，所有的这些我

---

① 译者注：安东尼奥·齐基基（1929—　　），意大利物理学家。

都希望从爱因斯坦那里了解到。

在阅读科普读物的时候，相对论显得很无聊：一般有很多在火车里的人的例子，还要问一些令人目瞪口呆的问题，比如火车相对于站台是在运动还是相反，让人透不过气来。爱因斯坦终结了这个难题，他认为两种说法都是正确的。我们出于对他的尊敬接受了这种论断，但是，心底里，我们还是更认同那些认为火车在运动的人。然而，随后，又会有人提出其他的事例，而只有上帝知道，为什么这些事件总是会发生在火车里，要么多数是在电梯里。

伯特兰·罗素[①]曾说，所有那些解释相对论的人通常都在所有概念都是最基本的时候牵着你的手带你步入这个领域，而一旦当你身处黑暗，他们就会放手。说这些是为了告诉你们，那天晚上我是怀揣着依然完好的求知欲上床睡觉的。入睡前，我决定读读我最喜欢的哲学家们——前苏格拉底哲学家的著作，来解解闷。他们可知道怎么提出恰当的问题！德谟克里特[②]、恩培多克勒[③]、阿那克萨哥拉[④]、赫拉克利特[⑤]、阿那克

[①] 译者注：伯特兰·罗素（1872—1970），英国哲学家、数学家。

[②] 译者注：德谟克里特（约前460—前370），古希腊哲学家，原子唯物论学说的创始人之一。

[③] 译者注：恩培多克勒（前493—前432），古希腊哲学家，主张"四根"论，即土、水、气和火。

[④] 译者注：阿那克萨哥拉（前500—前428），古希腊哲学家，原子唯物论的思想先驱。

[⑤] 译者注：赫拉克利特（前544—前480），首位提出认识论的古希腊哲学家。

西曼德[1]：这是思想的魅力！

阿那克西曼德相信，天空的穹顶事实上仅有一个，且星星都是小洞，透过它们能看到那边的永恒之火。是，我知道，他错了。但是这想象很美，也容易理解。再说，那不勒斯的耶稣诞生场景的背景就是用一个绘制好了的厚纸板做出一些洞，再在它后面放上小灯做成的。

恩培多克勒说，构成生物的要素有四个：土、水、气和火，爱与争端让它们运转。被爱驱动的要素寻找与它相似的要素：石头重归大地，水流回大海，烟飘上天空，诸如此类。但是争端的到来把一切又重新混合。但现在，根据这个理论，因为世界是混合后的成果，所以它应该只是争端造成的结果：如果交给爱，事实上水将会跟水跑掉，土跟土跑掉，一切都会重新变成一片荒芜。

亚里士多德意识到了这个矛盾，并开始有了一些怀疑。"你想看看，"他说，"爱将一种要素推向与之相反的而不是与之相似的要素吗？"没有人反驳他，这是因为在这个时候恩培多克勒已经跳入埃特纳火山口自杀了。这就是我临睡前的最后所想，几分钟后我就置身于一个类似露天圆形剧场的地方。在我周围的都是科学家和哲学家，每个人都穿着他们自己时代的衣服。

---

[1] 译者注：阿那克西曼德（约前610—约前545），古希腊朴素唯物主义哲学家。

我忘了说，在一个舞台上，我看到亚里士多德在充当调停人，在他右边的是欧几里得和爱因斯坦，在他左边的是牛顿和伽利略。我立刻注意到牛顿从不正面对着爱因斯坦：当他必须对他说些什么的时候就让伽利略代为转达。

"伽利略先生，劳驾您，告知爱因斯坦先生……"

所有这些优秀头脑的同时出现让我有点感动，我在一位身着微微烧焦了的希腊长袍的小老头儿旁边坐下，出于好奇问他是谁。

"阿格里琴托的恩培多克勒。"他回答说。

我的上帝呀，我想，就是跳埃特纳火山的那位！

"这是在讨论什么？"

"宇宙的结构。"他带着一脸一点儿也不愿意说话的、厌恶的神情说。

可惜的是听不太清：他们几乎是一起说话，场面极其混乱。

"先生们，请安静！"亚里士多德高喊道，"想要发言的先申请，现在该勒梅特神父 ① 发言了。"

一位年老的神父从剧院的主观众席上起身，走到演讲台前。

"起初有爱和自由。"

———————————

① 译者注：乔治·爱德华·勒梅特（1894—1966），比利时神父、宇宙学家。

"在我看，"恩培多克勒嘟囔道，"是爱与争端。"

"爱支配着宇宙，让所有物质都聚集在世界的中心，变成唯一的一个整体。这个整体叫作伊伦。"

"他都读错了，"恩培多克勒评论道，"应该读'乌雷'，意思是'初始物质'。"

"根据我和其他杰出的同僚：伽莫夫、邦迪、戈尔德、霍伊尔的假设，"勒梅特继续说，"宇宙诞生后一百分之一秒，爱将伊伦的温度提升到了一千亿摄氏度！"

整个观众席里响起一片惊叹的"噢"声。

"物质之间是如此想要相爱，每片物质的碎片是如此迫切地想要跟其他碎片黏合，以至伊伦在瞬间达到了令人无法想象的密度和温度。此外，在宇宙的交界处，还存在着另一个世界：自由：那是一个巨大的世界，温度停留在绝对零度，没有密度，时间实际上是无限的。自由在它冰冷的交界大声呼唤物质，呼唤了很多次，直到有一天它赢过了爱。这个事件就引起了大爆炸：宇宙大爆炸。"

主观众席上响起掌声。

"物质爆炸，"勒梅特继续说，"然后炸裂成不计其数的碎片。大一些的碎片保持明亮炽热，叫作恒星，小一些的碎片冷却下来，叫作行星。但爱没有融进虚无：它被关在物质里，在物质内部运转，然后每当看到有一个实体从它旁边经过就不顾一切地释放出信息。就这样，实体一方面被爱吸引，另一方面被自由驱使，最后一个绕着另一个旋转，一起向宇宙的边界移动。"

"我看见爱因斯坦在摇头，"亚里士多德说，"因此我想了解一下您对此的看法。"

"我的朋友们，"爱因斯坦说，"如果勒梅特的形容是种对宇宙结构诗意的解读，我能够接受。但如果我们想要实事求是，我看必须得拒绝这种说法，因为它里面全是不恰当的词汇：你们谈论'中心''边界''无限'，而现在大家都知道宇宙并没有中心，没有边界，是有限的，是由超球面构成的，即是由一个四维球面构成的。"

"亲爱的同僚，不好意思，打断您一下，我叫多普勒，正是根据我的发现，也就是多普勒效应，确定了所有星系都在往宇宙的边界逃离，它们离爆炸中心越远，速度就越接近光速。"

"对，我知道，"爱因斯坦回答说，"我也知道，质量和能量也一起随速度上升，最后变为一体，时间变慢，最后，直到星系的速度等于光速时变为无限。"

"我感觉这位很像毕达哥拉斯，"恩培多克勒说，"他喜欢说得很艰深。"

"总之，"爱因斯坦继续说，"要想按勒梅特神父的方式继续解读宇宙的结构，我可以认同低速的物质粒子之间相互吸引，像你们说的是因为'爱'，但高速粒子就忘乎所以到忘记古老的感情约束，而宇宙，不论你们愿意怎么理解，不管是有三个、四个还是八个维度，它都是一个几乎是空的容器，里面只有微量的能量，它可以是凝固在一起的，并以物质的形式存在，也可以是自由态，是以'被打散了的'，也就是爆炸的形式存在的。你们称之为吸引，或者更糟糕一点，称之为引力的东西，不是作为吸引的原因存在，而仅仅是宇宙结构的一种变形效果。我的朋友们，实体很疲累，它们在旋转时总是选择更容易的轨迹，这就是为什么当他们遇到时空的变化时只走闭合曲线。"

就在这时，牛顿起身离开了。他不接受对他的引力理论的批评。

"我们澄清一个事实，"爱因斯坦继续说，"我不是否认引力的存在，我只是不将它们跟惯性力区分开来。这一切都是参考系的问题，就像当我们问是地球绕着太阳转还是太阳绕着地球转时一样：现在我们大家知道这两种说法都是对的，而且……"

"精彩，太精彩了！"亚里士多德打断他，起身跟他握手。你们要知道，在他的年代，亚里士多德犯了一个极其重大的错误，他主张太阳绕着地球转，因此这个可怜的人被整个灵薄狱① 里所有的人取笑了两千多年；现在他觉得爱因斯坦，伟大的爱因斯坦，认为他有道理，尽管只是部分有理。

"我要发言。"主观众席上有人说。

---

① 译者注：灵薄狱是地狱的第一层，关押生于基督之前，未能接受洗礼的古代异教徒。

"请马赫教授发言。"亚里士多德回应说，同时回到了他的位置上。

"同僚们，"马赫开始说，"你们了解我，我是个很实际的人。宇宙的结构的存在仅仅是由恒星的存在决定的。如果我们宇宙全是空荡荡的，光束就不可能只是因为它自己知道要怎么走，就能走直线的。"

"请您准确一点，"贝克莱主教[①]喊道，"光线的存在是因为有我们的存在，或者说有我们的目光的存在。"

"我同意，"另一位我没能记起名来的人说，"但这样一来，如果宇宙所有的实体不会都堆成一堆，这就意味着外部应该还存在其他的离心力。"

"存在着自由。"勒梅特说。

场面变得极其混乱！然后我看到另一个人站上了演讲台。

"先生们，劳驾，请安静。我是西格蒙德·弗洛伊德[②]，我想明确一下，我不是物理学家。但我不能不指出宇宙与人类心理的类比。在人体内部也有两种占主导地位的力量：性冲动和破坏冲动，或者你们更愿意称之为物质和爆炸也可以。性冲动是生命的制造者，破坏冲动则代表人类想要回归到无生命的物质状态的渴望。当破坏冲动更多地转向个体内部而不是外部的时候尤其如此。所有这些无意识的趋向死亡的意

---

① 译者注：乔治·贝克莱（1685—1753），英国经验主义哲学家。
② 译者注：西格蒙德·弗洛伊德（1856—1939），奥地利精神病医生，精神分析学家。

愿合在一起，不就是星系向宇宙边缘的虚无的逃离吗？"

"我抗议……"其他人喊道，更多人登上了讲台。

场面变得越发混乱了。恩培多克勒起身，一脸厌恶，自言自语道："想想看，我为了知道更多的东西，自己跳进了埃特纳火山。"

论垃圾

一天，我在意大利北部的布鲁尼科，那里正在为道路清扫一事举行罢工。好了，这些布鲁尼申人①（他们真就叫这么个名字吗？）丢垃圾所依据的都是特别精准的规范。所有包裹的大小都是相同的，包裹和包裹之间的距离也是一样的。没有一个包裹的摆放不合规矩。但是，遗憾的是，我没带照相机，不能让它们流芳百世。

另外，我听说在卢加诺的某些几乎全都住着那不勒斯人的小区里，路上连一片碎纸片都看不到，这几乎就能证明，造成混乱的不是个体，而是环境。换句话说，如果我在一条满是废纸的街上，我会毫不犹豫地也扔一张废纸。

七十年前状况不一样，不是因为那不勒斯人，他们实际上还是那样，但那时没有垃圾。几乎很少会出现。每天，家家户户用一张纸把垃圾包起来放在门口（那个时候塑料还没被发明出来），把前一天的垃圾都扔掉。然后，天一亮就会

---

① 译者注：这个地方名叫布鲁尼科，按意大利语习惯该地的居民应该叫布鲁尼科人，但却叫布鲁尼申人，因此作者作此疑问。

有一个能干的好人，我们叫他穆内扎罗①，他会把垃圾包裹装到一个袋子里带走。那个纸包能有多沉？轻得跟没东西一样。所有这些在消费文明到来之后就变了。

在意大利，计算一下，每个居民每天要制造出650克垃圾，也就是每年近六百公斤，或者如果你们更喜欢这么算：他一生会制造48吨垃圾，这个数字是他自己体重的八百倍。据意大利环保主义者协会所说，如果我们把我们丢弃的垃圾一个个摞起来，就能建造一座高达一百万千米的高塔，也就是说其高度是地球到月球距离的三倍。

鉴于"垃圾"这个词来自形容词"肮脏的"，你们有没有参加过圣诞派对？十个朋友之间要互相交换90个礼物包裹（10乘以9）。二十个朋友之间要互相交换380个。三十个朋友之间要互相交换870个。这实际上就意味着870个空盒子和包装纸、彩带、彩花、包装用的稻草和谁知道有多少其他没有用的东西，这些会被一起丢在地上。然后，全部这些都要在第二天扔掉。所有这些都是为了什么？为了带给礼物的接收者打开礼牧时的那份激动。然而，悲剧性的一面在派对结束、在地上剩下的全是没有人想要的东西时，就会出现。

无用消费最新的一个例子是阿司匹林。药品被装进胶囊，放在专门的塑料容器里，这些容器再跟一张写有使用说明的小纸片一起被塞进纸盒子里（就好像吞颗阿司匹林还需要说

---

① 译者注：那不勒斯方言，意思是清理垃圾的人。

明书一样）。所有这些东西跟标有价格的小票一起被装进一个信封。但是，请注意，那些小盒子是跟交货单、发票、收据等要多少有多少的东西一起装在大纸箱里抵达药房的。我们将所有包装的总重量跟实际上进到病人的胃里起作用的那点微量的药品相比较，就能算出到底有多少东西被扔掉，又有多少被我们吞进去了。

到这里，我们再从动态的视角看看这个问题。清除垃圾不仅意味着把一个地方清理整洁，还意味着把另一个地方搞乱。乱丢垃圾和那些被选作当丢弃垃圾目的地的国家随后抗议的问题根源所在就会显现。事实上，我们的作为就像那些把灰尘藏在地毯下面的女仆一样。

月球可能是个合适的地方。唯一不便的可能是那首歌：《威尼斯，月亮和你》[1]可能要改唱《威尼斯，月亮，垃圾和你》了。

---

[1] 译者注：1958年迪诺·里西（1916—2008）执导的同名电影中的曲目。

苏格拉底在快餐店

苏格拉底：我亲爱的斐多，我们是从今天早上开始探讨饥饿对人类是有益还是有害的：我认为饥饿能刺激创造力，而你则惧怕它，就好像它是精神世界最凶恶的敌人一样。现在，为了继续探讨话题，你说我们抚慰一下我们的胃，在萨兰波斯餐馆好好吃一顿如何？

斐多：不用走出城外，也许我们也能像哲学家们那样，在这片地区很快地吃顿饭。

苏格拉底：据我所知，我们所在的地方可没有能给我们端上一些马札饼和半公斤沙丁鱼的小餐馆。

斐多：哦，老师，看看你前面，你就会发现我们实际上已经到了：你看到那些孩子们在人行道上排成的队了吗？好了，您要知道，他们将要进去吃东西的地方是不会让人沉溺于享乐的。

苏格拉底：我很高兴，在年轻人中分出了一种反对在餐桌上谄媚的流派。

斐多：这种吃饭的新模式叫作 fast food，这说法来自赫拉

克勒斯之柱 ① 彼端的蛮夷国家，意思是"快餐"。据说全国有超过五千家餐厅决定将店面改为快餐店。

苏格拉底：那他们给人提供什么吃的呢？

斐多：一般是烤肉末和炸薯条。

苏格拉底：就我而言，我不害怕尝试，我的好斐多，让我们加入这些年轻人吧，望众神赞赏我们的献祭。

斐多：哦，苏格拉底，我得告知你，鉴于你并没有受过吃那种食物的训练，你之后可能会有消化问题！

苏格拉底：哦，斐多，别说傻话！我在波提狄亚之围 ② 时吃过恶心得多的东西。你不如告诉我这个：空气中充斥着的这股奇怪的味道是什么？

斐多：说真的，我不知道：可能是炸薯条的油的味道或者是客人们的汗味，但老师你别担心，因为吸引着年轻人吃快餐的正是你闻到的这股味道。

苏格拉底：我明白了，这些年轻人应该都是犬儒学派的哲学家。我记得有一天晚上，我邀请他们的领头人安提西尼到阿伽通 ③ 家里参加宴会：那是一场结婚午宴，宴上有科派达湖的鳗鱼和罗德岛红酒。好了，你知道那个老疯子是怎么回

———————————

① 译者注：古希腊人认为赫拉克勒斯在世界的边界立起了赫拉克勒斯之柱（位于地中海最西端），越过它就是虚无。

② 译者注：波提狄亚是科林斯人在公元前600年左右建立的殖民地，该地于公元前430年在伯罗奔尼撒战争中被雅典包围。

③ 译者注：阿伽通（前447—前400），古希腊悲剧家。

复我的吗？他对我说："哦，苏格拉底，我不去！如果让我尝试享乐，我宁愿去死！"

斐多：那个人一直都很狂热。

苏格拉底：或许是像你说的那样，哦，斐多，但是现在，在我旁边的年轻人的眼睛里，我看到了跟我在安提西尼脸上看到过的一样想要受苦的意愿。我是如此确信，以至我现在真想立刻……跟我说，我年轻的朋友：你为什么愿意让你的品位受辱呢？你或许也是安提西尼的追随者吗？

年轻人：谁的？

苏格拉底：雅典的安提西尼，犬儒派的。

年轻人：斯夸罗尔乐队的鼓手？

苏格拉底：我现在想来，安提西尼也可能是年轻人的斯夸罗尔乐队的一员，但这不是我想说的。我想知道的是为什么你，从外表看是个条件不错的人，却宁愿跟你的朋友一起受苦。

年轻人：那关你什么事？！

苏格拉底：从你那好斗的举动来看，我推断你是犬儒学派的。

年轻人：我是犬儒学派的？！

苏格拉底：是的，安提西尼的追随者。

年轻人：晕死，这个安提西尼到底是谁？！别来烦我了！

苏格拉底：恐怕，亲爱的斐多，我们都大错特错了，他们不是哲学家。他们只是年轻的奴隶，因一个残酷的和平条约落到如此可悲的境地。很明显美国人在打赢世界大战的时候强迫我们接受了一些我们忽视了的条款，时至今日它们还重压在被打败的民族身上。

斐多：竟然到这种地步吗！

苏格拉底：另外，雅典人也总是对战败者施以刑罚和羞辱。艾吉内提人被截去了右手的大拇指，好让他们能摇桨但不能使剑；萨默人被用炽热的铁烙在额头印上了一只脚印，为了让他们铭记自己永远都会活在雅典人的脚下。相比之下，你以为五千家快餐店会是什么，几个兰博 ①，一种带气的饮料，还是肥皂剧里录好的掌声？

----

① 译者注：约翰·兰博是由西尔韦斯特·史泰龙担任共同编剧和主演的《第一滴血》系列电影中的主人公。

毕达哥拉斯和官话

一切都是在公元前六世纪，从毕达哥拉斯开始的。一天，这位杰出的哲学家对他的弟子们说："孩子们，在这儿人分两类，一类是数学家，也就是我们将会成为的人，另一类是沉默者，也就是其他人。第一类人拥有学问，因而总是受人尊敬；而其他人不值一提，他们要做的只是聆听而已。因此，从今天起你们能明白这一点就好：每当你们身边有外人，或是有沉默者的时候，要用密码讲话，用令人费解的词汇，或是直接用数字。只有这样才能保持住威信。"

无须让他再说第二遍，弟子们立刻就发明出了第一种针对工人的语言。据说最后，学生里的一个叫作伊帕索的人背叛了老师，开始散布他们团体的秘密，具体来说是无理数的秘密。

好吧，他的路没走多远：受毕达哥拉斯的诅咒，他在距克罗托内几英里①远的地方，在绝望地尝试绕过障碍的时候遇难。

---

① 编者注：1 英里约合 1.6093 公里。

从那天起，在学术界，所有知识的传播者总被视作该类人的叛徒，他们应受到最严重的鄙视。

从学术语言到官话间的过渡是短暂的：在意识到让人费解能带来威信之后，官员们也开始采用这种做法。他们做了什么？他们发明了一系列新词，将市民们扔进最令人沮丧的情况中去。

我们举几个例子：在那不勒斯，当出现霍乱的时候，电视报道不会将其归咎于"壳菜"，而是称之为"贻贝"。那不勒斯人不太清楚"贻贝"是什么，于是继续吃"壳菜"。有一次，还是在那不勒斯，在看门人萨尔瓦多雷的门房里（就是《贝拉维斯塔如是说》[①]里的那个），有我、萨尔瓦多雷和帕皮卢齐奥——萨尔瓦多雷从圣露琪亚的垃圾堆里捡回来的浑身漆黑的小野狗。我们听着收音机里的新闻。广播说道："……在爱犬个体的协助下，越狱者已被逮捕……"萨尔瓦多雷问我："工程师，这些爱犬个体是什么意思？""就是狗，萨尔瓦多雷。"我回答说。"耶稣呀，耶稣，"他看着帕皮卢齐奥说，"我养了一个爱犬个体四年，却不知道！"帕皮卢齐奥摇摇尾巴。

还是在电视上，我从没听过任何一个医生说过"体温"这个词：他们都说"人体温度"，也许是觉得"体温"对于他们这个层次的人来说是个过于粗俗的词。如果一个人自己

---

① 译者注：《贝拉维斯塔如是说》是作者于1977年出版的小说，1984年由作者本人执导，改编为同名电影，其中文版书名为《一半是爱，一半是自由》。

也能够量体温，那么他叫来医生只不过是为了至少听他们说一声"人体温度"——不然把医生叫过来干什么？

对官员而言，重要的是让人搞不明白：他的用语越是令人难以理解，他的威望就会越高。适应过文化的人时常自愿陷入危机之中。比方说，每当我要签租房合同的时候总是很不确定地、像个傻瓜一样站在那里，不知道要在承租人还是出租人的字样下面签下名字。鉴于对我来说"承租人"是电视里的角色，我问自己，"出租人"到底该是谁：是将自己所有的公寓出租出去的人呢，还是租用别人公寓的人？唉，为什么这么乱哪！我不断咒骂着，明明就有两个非常非常简单的词："户主"和"房客"呀。

官员们的庖虐毫无节制：我们可以举数以百计的例子。其中最能说明问题的还是罗马西班牙广场的例子。走下圣三体教堂的台阶，在右手边立刻就能看见清晰地展示着罗马市政府的一纸布告，上书"马力牵引公共车辆停车处"，换句话说是"出租马车停车场"。

好了，我真想认识一下这句话的作者：我想把他拖进电视里，最多听他讲一个小时，我好问他，你在"出租马车"这个词里到底发现了什么下流的东西？然后粗鄙地一脚踹在他的屁股上，把他踢到后台去。

从苏格拉底到斯托拉切

在我们将要广泛谈论的同性恋这个话题里，怎么能不重新回顾柏拉图[1]在《会饮篇》中谈到的所谓的"希腊爱情"？

苏格拉底，尽管与斯托拉切完全如出一辙，但他在同性恋的问题上的想法与那位前拉齐奥大区区长差异极大。

我们从苏格拉底曾有一位妻子说起，她叫赞西佩，与他同岁；他还有一个十八岁的爱人叫米尔多；还有至少四个勇敢的年轻人——名叫阿伽通、斐德罗、艾力西马克和阿尔西比亚德斯的"美人"，经常乐意跟他上床。尽管如此，他还是被所有人视作道德层次很高的人。

《会饮篇》的结尾写得很漂亮，在结尾处阿尔西比亚德斯在晚饭结束的时候到达，公然控诉他的导师。"我的朋友们，"阿尔西比亚德斯说，"你们无法想象这个男人让我遭了多少罪。我为了与他结合向他学习一切，而他只是在耍我。有一天……我邀请他到我家，就像恋人把他爱的人引诱入陷

---

[1] 译者注：柏拉图（前427—前347），古希腊哲学家，与苏格拉底和亚里士多德一起被认为是西方哲学的奠基者。

阱一样……我请求他和我睡一张床，而他冷漠地回答我：'我亲爱的阿尔西比亚德斯，你想用你的美丽换取我的知识。但是，你应该意识到，这就像用铜去换金子一样，对我来说，真心的，不值当。'现在他在那儿看着我，可能还在窃笑。为了让我恼火，他还特意坐在我们之中最漂亮的阿伽通旁边。"

所有这些话阿尔西比亚德斯都是在所有人面前大声说的，没有任何顾虑，这就意味着在那个时代，同性恋者不会受到任何批评。所有希腊人都是同性恋，甚至是双性恋。普鲁塔克在他关于爱情的书中一字一句地说道："如果有人问我，我更喜欢哪种性别，我会回答：只要所爱之人是美的，我不会去看是男还是女。"

事实上，唯一的区别就是由物欲的阿佛洛狄忒式支配的身体的爱，与由精神的阿佛洛狄忒式所支配的精神的爱之间的区别。然后，在每一对伴侣中，相对年长的那个叫作爱拉斯特，年轻的那个叫作埃洛梅内，这种关系不受性别限制。但可以确定的是没有人，真的没有一个人对此感到愤慨。就举个例子来说，在《伊利亚特》中，只有考虑到珀琉斯之子阿喀琉斯与帕特罗克洛斯间有着非常密切的同性恋关系，阿喀琉斯那致命的暴怒才合情理。

到这里，我们要问自己：那大众对同性恋的观点是什么时候开始转变的？可能早一天或晚一天，我姑且将观点的转变定在公元312年10月27日前后，在这天，君士坦丁正要攻打马克森提乌斯的军队，他在天空中看到一个燃烧的十字架，上面写着"见此符者胜"，他决定转为追随右翼，也就是当时的天主教民主党。事实上，正是天主教将一切可能的性的形式，不论是同性还是异性，只要目的不是物种繁殖，就都恶魔化了。说真的，我从没理解过教会选择的这种立场。做爱有什么错？不管是跟性别相同的人做还是跟性别不同的人做，我都看不出到底哪里会藏着过错。实际上，我所能想到的唯一的罪过就是伤害他人。那么，如果两个人情投意合，且两者都是成年人，为什么要禁止性爱呢？难道只有在决定生育的时候才能做爱吗？问这些幼稚的问题真是对不住，但它们已经在我的脑袋里盘桓很久了。

真人秀"老大哥",卡梅拉姨妈的慰藉

　　我不得不问自己,为什么意大利观众如此喜爱真人秀"老大哥"?

　　一开始我出于好奇看它:看五分钟就腻了。之后我就厌烦了。他们说:"时间是太过宝贵的东西,别把它浪费在虚无上。"因为问题正在于此,在于虚无,所以我用大写的 N[①]。在这个真人秀里有一些少年和少女在公寓里闲逛,相互交谈。有的时候他们让人觉得他们想做爱,有的时候不是这样。他们做或是不做,对我而言没有比这更无足轻重的事了。那是他们的事,我对自己说,然后我换台。这个节目从来没有一个话题能让我感兴趣。我想了解的是一则新闻、一次欧元价值的大幅下跌、一次石油泄漏事故之类的事。我现在不想自负地说这都是些关乎拥有和存在的问题,但这些确实是能吸引我的问题。

　　几周过后,我看到纸质媒体对这一节目给予了格外高的

---

① 译者注:"虚无"的意大利语是"nulla",作者用大写首字母来强调这个词的专有含义。

评价，我迫不得已至少看了一期节目。我感觉糟糕透了，我再一次本能地问自己这个问题："为什么在晚上打开电视机的那些意大利人里，每三个中就有一个会看这个？"和往常一样，我能想到的第一个回答是"他们看，是因为别人都在看"。就是说我们每个人都看它，是为了在这之后有一天，如果有人在办公室或是在地铁上问我们对"老大哥"有什么看法，自己不会毫无准备。但这个解释也经不起考量。我看过一次，如果要说的话，"老大哥"是个过于重复的节目，或许，那些时不时地被广大观众们嘘到淘汰的角色是例外。然而在我去找卡梅拉姨妈之后，我就明白了。

卡梅拉姨妈比我大十二岁。她独自在罗马普拉提区的一间小公寓里居住。她有三个儿子、三个儿媳和几个孙子。但是，在她的近亲中，包括我，没有一个人去找她、去陪陪她。再说，现在情况就是这样的。唉，那些全都住在一起、在一个家里，围在壁炉旁边的父权制家庭已经消失了。小孙子们四处转悠，都到半夜后才回家：他们有很多的朋友，也有很多事情要做，比如上网。在以后十年，我听说，情况将变得更有悲剧性。在像我们意大利这样的国家里，出生率的下降突破历史纪录，平均寿命不断升高，我们能等来的至少是：会有很多的寂寞，尤其是会看很多的电视。

总结一下就是，"老大哥"陪伴着卡梅拉姨妈。对她来说，那些没说什么实在的东西的少年和少女就是她所收获的、陪伴在她身边的亲人。而她，就像在仙境中的爱丽丝一样，也进入了屏幕，甚至录像里，因为，这样一来，她就不再感到孤单了。

给一位女性性学家的公开信

　　一位斯堪的纳维亚的女性性学家将意大利男性定义为人群中存在的最佳伴侣，尤其是按两个星期的时间来评判的话。对此我代表我的同胞，表达感动和感激。尽管如此，我冒昧地不同意她的分析，因为在最近几年，意大利男性的性欲有明显的下降。接上所述，两周代表着一件令人望而却步的任务，关于这点，我请求她告知她那些可亲的同胞，在短期内，或者说在周末我们还能这么说，但周一到周四，我们无法做任何担保。

　　之前我被邀请去一个电视节目做嘉宾，节目里有十二个人几乎是全裸的，或者更准确地说是只"穿着"星座图案的少女出场展示。我们都聚集在贝内文托的罗马剧院的后台，等着被皮普·保多①叫去。除去众多的艺术家，在场的还有十五个地方学校的、扮成迪士尼角色的学生。那么，我趁机观察到，没有一个男生转过头去看那些模特。转头去看的只有：我、那些艺术家、宪兵和服务人员。

---

① 译者注：皮普·保多（1936—　　），意大利电视、广播主持人。

年青一代的性欲取决于什么呢？我不知道，我不是这个学科的专家。我最多能把自己定义为业余爱好者，就是字面上的意思。于是我尝试提出一些假设，为此我援引两句那不勒斯老歌的歌词："你的金发让我心中充满了邪恶的念头。"

现在，我的论断是，这些"邪恶的念头"（随之而来的还有睾酮①）与追求异性时遇到的困难是成正比的。换句话说，性欲就像弹簧一样，只有在一个人之前已经被压紧的时候才会弹起来。

未来主义者们说："为什么只有视觉和听觉才该欣赏艺术？触觉呢？触觉怎么伤害到你们了，让你们剥夺它享受美感的权利？"他们创作出触觉展览，在那里面的作品只能用来触摸。参观者将手伸进一个木盒子里，去接触一部杰作，外面写着标题（《永恒，嫉妒与无限》），里面是作品（一层棉花，一把刷子，一片浸湿了的布）。有一部作品的标题是《性欲》，多亏了它，我终于明白了性的奥妙。这个作品是一块橡胶板，正方形，长和宽约四十厘米，厚约五厘米。橡胶被挖了三十六个洞，每排六个。解说牌上写着："将一根手指伸进你们喜欢的洞里，但是，要注意，因为其中的一个洞里藏着一颗立起来的钉子。"我立刻像它指示的那样把手指伸入了左上角的洞里，没有钉子，我继续，一直小心翼翼地，探索其他的洞口。我越继续，越是害怕被扎。只有到了最后，

---

① 译者注：最活跃的男性激素。

我才意识到并没有什么钉子，才理解了艺术家所传达的信息。性欲像一间黑暗的房间，人进去的时候是非常好奇的，还有一点点害怕，性欲是能够与爱人结合的拥有和害怕失去的忐忑，是不断探寻底线。但是如果我们打开灯，性欲就会随着所有愉悦一起消失。

从兰博到伽倪墨德斯

应该指出的是，男性美的标准曾有一次流向的转变：不久前还是兰博，全身肌肉、威猛暴力，如今又回到了伽倪墨德斯，宙斯的宠儿，他天使般的面庞，让可怜的赫柏被炒了鱿鱼①。

现在我要说：这是怎么从史泰龙过渡到《魂断威尼斯》里的塔齐奥的 都没有经停什么中间站，比如蒙哥马利·克利夫特？！

流向的转变是危险的：希腊性在此流逝了。"希腊爱情"的特点是对俊美男青年的喜爱。从苏格拉底到亚里士多德，没有一个哲学家没有过男性爱侣。

在柏拉图的《会饮篇》中，普萨尼亚是这样形容希腊爱情的："爱的方式有两种：一种是天上的、精神的阿佛洛狄忒，另一种是尘世的、物欲的阿佛洛狄忒。通常人使用的是第二种，追在女人后面，渴求她们的身体而不是灵魂，集中精力去追

---

① 译者注：伽倪墨德斯由于宙斯的喜爱，被宙斯化作鹰带到奥林匹斯做侍酒童，顶替了青春女神赫柏的工作。

求如此可怜的目标，结果就是会偏爱那些最愚蠢的人。与之相反，真正的、天上的爱人的人，偏好年轻的男性，赞赏他们更强劲的性情和更活跃的才智。"

为什么要担心呢？因为据史书记载，古罗马帝国的衰亡就是由这四个事件的重叠开始的：国家官员的腐败、铅制的输水管道的化学毒素、在外族面前身体素质上的衰弱以及希腊爱情的奢靡。现在，尽管再没有帝国能让我们败掉，但腐败还是不少，毒害也是（甲醇、铯和化合物），身体素质上就想想外族人在足球上打败我们的时候吧。现在要是为一个有着天使脸庞的俊美青年昏了头，那就好好等着面对一个新的中世纪吧。

书、驴和胡萝卜

几年前，我在图书周逛书店的大部分时间是在一只名叫罗西娜的小毛驴的陪伴下度过的。我去过那不勒斯的"古滕伯格银河"书展，罗马的电影城二期商业中心和米兰的"八角①"会展中心。于是我尝试着做了一个科学实验：我在那只可怜的畜生面前一米的桌子上放了一本书和一根胡萝卜，然后，令人难以置信的是，罗西娜几乎每次都会直奔胡萝卜而去。

在场的人都从心底发出笑声，没有人注意到我其实正是在说他，那个从没读过一本书的人，也就是我们三分之二的同胞。实际上，大部分意大利人在晚上，在晚饭后，在一本好书和一根电视胡萝卜之间，总是必然地会选择胡萝卜，尽管这并不是上等的东西。

为什么需要读书？因为一个读者和一名电视观众间的差距是巨大无比的。事实上，人在读书时，无论书的作者有多出色，我们接收到的信息总是不完整的。我们假设，我在读《罪

---

① 译者注：位于米兰埃马努埃莱二世拱廊街的交会处，该处为八角形空间，顶部是玻璃圆顶。

与罚》，放高利贷的阿廖娜·伊万诺娃的那张脸、拉斯柯尔尼科夫的衣着、吵吵嚷嚷的醉汉马尔美拉陀夫、犯下罪行的房间里的黄色挂毯和圣彼得堡铅灰色的天空全都需要我自己来想象，这就让我产生想象力，让我的灵魂变得宽广，让我能过另一种人生。

但是，电视剧的观众不会做任何努力。所有的东西都为他准备好了，他直接窝在沙发里就可以了，包括所有的小细节：表情、环境、姿势、声音。他可以保持被动的状态，像一座雕像一样纹丝不动，在电视机前，他的想象力有大把的时间可以休息。

那么电视机是我们的敌人吗？我还没有那么不知感恩到说这种话（尤其是我完全应该感谢阴极管）。不如说问题出在时间长短上：每天两个小时让人兴奋，五个小时就要命了。

我的反思特别是针对父母们。想办法让你们的孩子学会阅读，然后你们会注意到他们的人生会从这样变成那样。如上所述，未来的贫穷将会是无知，决定今后几年的社会差距的不是金钱，而是文化：有的人知道些东西，而有的人什么都不知道。再说，想象力跟肌肉一样，如果得不到锻炼就会萎缩。

头脑需要书籍，就像身体需要蛋白质一样，因为从一开始，认真地说，阅读就是一个"苦活儿"；人们要用所有种类的阅读来打败懒惰，包括那些被认为是低级的种类：也许是漫画、

萨尔加里 ①、利亚拉 ②、阿加莎·克里斯蒂 ③、西默农 ④，还有德·克雷申佐，为什么不呢？事实上，我多次把自己定义为图书馆里那种只有三级的垫脚台：大小微不足道，但为了拿到在最高处的书籍是不可或缺的。

---

① 译者注：埃兰利奥·萨尔加里（1862—1911），非常受欢迎的意大利冒险小说作家。
② 译者注：利亚拉（原名阿玛利亚·利亚娜·奥德斯卡尔基，1897—1955），连载小说女作家。
③ 译者注：阿加莎·克里斯蒂（1890—1976），英国侦探小说家、剧作家。
④ 译者注：乔治·西默农（1903—1989），比利时的法语侦探小说家。

一家"小书摊"迷住了我

从一个人如何在书店门口放慢速度就能看出他是不是一个"嗜读者"：一旦发现一家大型纸质印刷品聚集地，他就止步不前，向橱窗投去病态的目光，想要离开但做不到，又犹豫了一会儿，最后，他放弃抵抗，直奔书柜而去。

也许那天他有点急事，有个工作会议或是约会，但这种诱惑比任何一件事都更具吸引力：一股未知的力量把他吸了进去，迫使他在书架之间流连，让他疯狂地浏览标题、看颜色、封面和带印刷字的书封。他这么拼命地在找什么呢？或许他是想买一本特定的书吗？他想获取出版界的最新消息吗？这些都不是——"嗜读者"只是简单地被书籍的存在所吸引而已，他想要尽可能多地触碰它们，更有甚者，会想要闻闻它们。

爱一本书，不只是爱它的内容，而是爱它本身，爱它作为可触碰的物质的存在，这也是一种病。对于有这种病的人来说，一本书一旦被读完就不再是在市面上流通的众多书籍中的一本，而是变成了他自己身体的一部分，以至他再也无法把它借给任何人。它是鲜活的记忆，是血肉的血肉，是灵魂在体外的寄存品。

　　有这种毛病的人，一般在阅读的时候会在喜欢的句子下面画线。这种做法就和有的人为了给书做记号而在上面签自己的名字是一样的。在句子下面画线的人这么做并不是想在以后更方便地找到这句话，而只是为了让自己的喜爱具体化而已。意思就像是说：读到这里我很激动，我想让人看出来。有的时候"嗜读者"甚至会喜爱他看不上眼的书。如果有人送给他一本他不喜欢的作者的书，他也会不辞辛苦地将它放在一个书架上，然后把它永久性地抛弃给灰尘：他不会读这书的任何一页，但他也没有勇气把它丢掉。不管写得是好是坏，它总归是一本书，因此，它本身就是一件需要被尊重的物品。

　　我们反思一下家里书房的使用情况。现在，在有好的文化修养的家庭中会有小说、散文、年鉴，往往最后会堆积起上千本书：就是说一生中，家里的几立方米都会用来放书。另外，正如伊尼亚奇奥·布提塔[①]所说："没有书的房间就是马厩。"有人问：但是它们都需要放在触手可及的地方吗？它们之中有多少是会再被阅读的？像《罪与罚》这样的书，会被读第二遍的可能性有多大？事实上根本没有，而且想要碰它的人可要当心了！如果偶然有个朋友向我们借这本书，我们会憎恶地看着他：他肯定永远不会还给我，我宁愿直接按封面上的定价把钱给他，也不愿意看着他抱着我的书出去。

　　有人可能会反驳说，除非是稀有的手稿或是绝版书，如

---

① 译者注：伊尼亚奇奥·布提塔（1899—1997），意大利诗人。

果他不还，我们总可以再去买一本哪。没错，但它也不再是原来的那本我们读过、让我们感动过的书了。

爸爸和妈妈在天堂

我的母亲，朱莉亚·帕内塔，于 1883 年在曼奇尼女公爵路出生。到四十岁她还是处女。那附近的人常常说："可怜的女人，没那命！①"就是说"没有福气"。然而，当她已经听天由命了的时候，在她的世界里出现了一个想要结婚的中年男人：他是奇人，白头发，天蓝色的眼睛，还有一个好"名声"。家旦打探消息的人说："他可是个很好的人，一点债务都没有！"他们一结婚就到圣露琪亚去住了。

我出生的时候，爸爸五十岁，妈妈四十五岁。我与他们之间这巨大的年龄差，让他们之中没有一个能够一直关注着我人生的发展。我刚进入大学的时候爸爸就离我而去，而妈妈在我还没辞去在 IBM② 的工作之前就去世了。我不知道有没有天堂，也不知道他们是不是能去天堂，但我非常希望是这样。对于我母亲，我没有疑问：如果在什么地方存在着一个天堂，她应该就会在那里。我们说，她应该得到这个权利。家、商店、

---

① 译者注：原文为那不勒斯方言。

② 译者注：IBM（International Business Machines Corporation），国际商业机器公司。

教堂，教堂、商店、家，妈妈毕生除了工作和祈祷没有做过其他的事情。但是，说到我的父亲，我就有点儿犹豫了，因为他在遇到困难时总是会生上帝的气。但是，好好想想的话，他也不是认真地想亵渎上帝。每一次他开始说"该死的……"的时候，我母亲总是会随后说一句"赞美上帝！"来盖过那句咒骂。

也许天堂真的存在：之所以我们没有一手信息，是因为住在天堂里的灵魂没有办法与我们交流，也不知道在人间发生的事情。他们是如此与世隔绝，以至每当有一批灵魂抵达的时候，我的爸爸妈妈就在那里，在天堂的门槛上，打听所有进来的那不勒斯人的消息。

"您从哪里来？"

"那不勒斯。"

"来自哪片地区？"

"沃梅罗区。"

"您知不知道有个叫卢西亚诺·德·克雷申佐的？"

"谁，那个作家吗？"

"不是，我的儿子是个工程师。"我妈妈会有点儿自豪地回答说，"他是 Upim[①] 的工程师。"

我在 IBM 待了近二十年，但谁知道是为什么，这家公司

---

① 译者注：Upim 是意大利米兰"独价"连锁百货（Unico Prezzo Italiano Milano）的缩写。

的名字从来没进到我母亲的脑子里去：她总是跟 Upim 搞混。

"的确有一个叫卢西亚诺·德·克雷申佐的工程师，他在电视里介绍电脑。"新来的人会说，"但是，我再对你们重复一遍，还是先前提过的那个：那个作家。他留着灰色的头发和白胡子。你们的儿子留胡子吗？"

"不是，什么胡子呀！"我妈妈会惊叫道，"在 Upim 那里他们绝对不会让他蓄胡子的。再说我的儿子很腼腆：他绝对不适合当电视讲解员。他是个很优秀的孩子！"

"请原谅我坚持这么说，"那个灵魂继续说，"但你们的儿子是不是敬过《贝拉维斯塔如是说》的导演？你们知道我为什么问你们这个吗？因为我很喜欢这部电影。你们想想看，我把它看了三遍！"

"不，那不是我儿子：您说的那位完全是另一个人。"

然后，在美好的一天（或者如果我们愿意从另一个角度来看的话，是在糟糕的一天），我也会抵达天堂。

你们自行想象一下相见的场景：我们拥抱和亲吻，我母亲流下泪水，问关于爸爸的问题，穿插着关于我的问题，总之就是会在几分钟内讲述完一生。

"你过得怎样？"

"挺好的，因为我是刚刚才死的。"

"这么长时间你都做了些什么？讲一讲！无论如何，你别担心，慢慢给我们讲讲所有的事——反正在这里，如果说从不缺少什么东西的话，那就是时间了。"然后我会讲述他们去世之后我的人生：工程师的工作、电脑、从 IBM 辞职、初期的书籍、电视转播、那不勒斯摄影集、《希腊哲学史》、电影、移居罗马等。

"但是，给我解开一个疑惑，"我父亲会说，"你不是说想要当水利工程师吗？然后你去做电脑相关的工作去了！"

"对，我选择水利，是因为我听说意大利是一个在水利问题上困难重重的国家，有很多堤坝要建造，有很多河堤要检查，还有洪灾、山体滑坡、塌方，许多市里都没有污水处理系统。总之，在那个时候我认为水利工程师是不可或缺的……"

"但是呢？"

"但是为了找到一份稳定的工作我不得不一头扎进电脑行业里。"

"然后呢？"

"然后，在我当上经理之后，我对每天去办公室感到厌倦，之后提出了辞职。"

"耶稣呀，耶稣，"我母亲会说，"冒着流落街头的危险哪！"

"我就是这样开始当作家的。"

"那去年那位先生说的是对的。朱莉亚，你记不记得那位米兰的先生，因为遇到高速路事故，跟全家一起到这里来的那位？"

"怎么不记得！那个人说：'女士，我向您保证您的儿子是个作家。'然后我说：'但这不可能啊，您在开玩笑。'

而他坚持说：'您说的是哪儿的话，我都这样了还会跟您开玩笑吗！'"

"当作家能挣钱吗？"我父亲问。

"嗯，如果有幸能中选为畅销书，并且能长时间畅销，也能赚到很多钱。"

'那你挣了多少？"

在我就快要说出来的时候，我母亲会建议我压低声音。

"嘘——你别说出来 ①：这里的人都很爱嫉妒。"

"但我们不是在天堂吗？"

"是的，但最好别让其他人知道具体的事实。"妈妈看着四周的人，坚持说。

"于是，凭借差不多被翻译到各个地方，甚至在日本都被翻译过的希腊哲学，我大概挣了……"

到此，我听从妈妈的建议，小声地说出总数。

"几百万？！"我的父亲惊讶至极地大喊。

"没错，几百万。"我重复道。

"那你就是百万富翁了？！"

"爸爸，现在在意大利，如果用里拉来算的话，所有人都是百万富翁了！"

"耶稣呀，耶稣，真是疯狂！谁知道他们会卖掉多少双手套。"

———————————

① 译者注：此处原文是那不勒斯方言。

"说实话，手套他们卖得很少。"

"什么意思？"

"意思是现在没人出门戴手套了。"

"你明白了吗，朱莉亚，"我父亲会对妈妈说，"是百万富翁，却并不文雅！没办法，我早就说过了：文雅是天生的。人可能时不时地会变富有，但如果没有头衔，就还是要饭的！"

"对了，爸爸，你们在这上面有没有遇见过一个叫苏格拉底的人？"

"穿得令人厌恶，不高不矮，脸长得像斗牛犬的[①]？"

"对，正是他。"

"他经常在这附近转悠，但如果要我说的话，离他远点。那个人一旦拉着你长谈，就甩也甩不掉。你会想对他说：'苏格拉底，你说得对'，然后他立刻回答你：'当你说我有道理的时候，你就承认了你知道道理在什么地方啰？'总之，我的儿子，如果你想过安静日子，在这上边有四五个人你一定要避开：苏格拉底，西塞罗[②]，西尔维奥·佩里科[③]和坎布罗内[④]。"

---

① 译者注：此处原文是那不勒斯方言。

② 译者注：马库斯·图利乌斯·西塞罗（前106—前43）。

③ 译者注：西尔维奥·佩里科（1789—1854），意大利作家、诗人和爱国主义者。

④ 译者注：皮埃尔·坎布罗内（1770—1842），法国将军，自法国大革命开始他的军事生涯。

那次在雅典的沙龙

在学校人们说："哲学这个东西，世界没了它也一样转。"好了，你们相信我：世界上没有比这更不确切的话了。或许（在这个"或许"里面就有很多哲学思想）哲学是唯一有能力改变一个人的存在的人类活动。如果我们的很多政治家能多多实践哲学，也许就不会做那么多愚蠢的承诺，且最后以做蠢事而告终了。

那么，我们试着来下一个更好的定义。这个词的词源（来自 phílos，朋友，和 sophía，智慧）能帮到我们的很少：人完全可以热爱智慧和文化，但不是热爱哲学家。我们尝试一下这样来定义哲学："一种试图衡量事物的意义的思维活动。"

换句话说，如果生命中发生的所有事情，或大或小，都有它的重要性。我们试着通过努力对比，根据它们的大小来构建一个价值等级阶梯，然后据此我们可以做出我们的选择。就比方说，最重要的是权力、成功、爱情、金钱、自由、性爱还是来世的幸福？

好了，把上述的这种等级排列好，就是做哲学。我知道，说到这儿，那些真正的哲学家们会嗤之以鼻。对他们来说哲学完全是另一码事：他们会说这只是哲学的一小部分，最多能用来给佩鲁贾之吻巧克力①写包装盒里的小卡片。但是，跟我们在这里讨论的是普罗大众，不是工作专员。你不希望看到就这么普普通通地讲讲，就能说服人们多思考一点，或许还能减少自杀事件的数量吗？

在思想史的开端，哲学根据谈及的话题不同分为物理学、伦理学、美学、政治学、诗学、玄学、本体论等，要多少有多少。然后，随着时间的推移，这些分支中的一些认为自身应该独立出来，留下了本体论来光耀家门。最后，从十九世纪开始，哲学就变成了仅介于科学和宗教之间的东西（你知道，就像思想上的左翼和右翼一样）。

但哲学，至少是在西方，哲学的发明者是谁呢？学校的课本毫无疑问地说是米利都的哲学家泰勒斯。然而，仔细想来，这位伟大的人（因分心而出名②）仅仅是提出了自然现象不应归结于众神，而应归结于大自然的假设而已。

的确，在那之前在地球上发生的任何事情都被用宗教的答案来解释。有过一场暴风雨？很明显，那天宙斯的心情糟糕透顶。有过一次地震？全是波塞冬的错，他晚上跟雅典娜吵了架，于是在地底翻来覆去。总之，随泰勒斯诞生的是科学，

---

① 译者注：多用于送礼的佩鲁贾之吻巧克力，包装盒里有写着短小格言的卡片。
② 译者注：泰勒斯仰望天空预测星象的时候因为走路分心而失足掉入了坑里。

而不是哲学。哲学的诞生还要再等两个世纪，也就是直到巴门尼德①和芝诺②到希腊来参加泛雅典人节③的那个时候，差不多就是在那一天诞生的。

当时在雅典流行文学沙龙：大家在某个人的家里聚会，什么都谈，如政治、道德和时事。我们提到的这次聚会是于公元前450年在皮托多罗的家里举办的。在那个时候，苏格拉底只有二十岁，但他已经是我们熟知的那个用发问法让所有人感到十分头痛的人了。在场的知识分子们都穿得非常时髦，除了巴门尼德和芝诺，因为他们是来自卢恰纳的小村庄——埃利亚——的乡巴佬，他们的衣着相当不雅。他们两个都无视希腊式生活的雅致，尽管他们两个之间有着比寻常的师徒关系更进一步的关系。

当在场宾客之一请巴门尼德表达他的思想的时候，芝诺认为他应该保护巴门尼德。"提醒你一下，"他对那人说，"就算我的导师说了，你也可能什么都搞不懂。"这句话十分失礼，同时也非常真实。事实上，除了苏格拉底，巴门尼德刚开始谈论相同和不同、随后讲到独一性的时候，其他所有人都一头雾水，而之后应该还有整体、不变和内在。

现在，就在我们之间说，巴门尼德到底讲了什么这么重要，

---

① 译者注：巴门尼德（约前515—前445），古希腊哲学家，著有《论自然》。
② 译者注：芝诺（约前490—约前436），古希腊哲学家，巴门尼德的弟子。
③ 译者注：泛雅典人节是雅典人祭祀女神雅典娜的节日，每四年举办一次。

就因为如此，他成了哲学之父？

只是因为他说，生命中有存在和非存在，而非存在并不存在，尽管它很不幸地费尽心思让人看见自己。非存在对于巴门尼德来说就是显露，换句话说，就是所有那些用诱惑让我们着迷，却从不践行诺言的东西。也就是说：如果你们想要幸福，就要多关心事物的实质，而不是表象。

比如，如果你们今生想要当演员，就要知道成为将作者的情感传达给观众（演员的存在）的人，要比成为成功的明星、成为封面人物（演员的表象）幸福得多，大明星玛丽莲·梦露就亲身试验，并很好地学到了这一点。

阿瑞斯提普斯教我们上网

几年前，文盲意味着不会读书写字。然而如今，只要不懂英语，不会用电脑，就要被骂为文盲。不久以后，如果不精通互联网，就别想得到一份体面的工作。首先，我们要问问自己互联网到底是个什么东西。这玩意儿看起来很像一台在我们面前的、无声的、静止不动的电视机，它能够满足我们所有的信息需求。换句话说，就是阿拉丁神灯。

在著名电影弗里茨·朗①的《大都会》（1927年）里，城市被视作房屋的集合体，在它的天上不断有宇宙飞船在穿梭。然而现如今，综合各方面来考虑，我们意识到，在空中旅行的主要是信息，几乎从来不是人类。尤其是远程办公，能让我们在家里工作，都不用每天不胜其烦地去办公室。

互联网有一个明显的优点，就是互动性。我们解释一下它指的是什么：苏格拉底在与柏拉图的一次对话《斐多篇》中反对书写。他说，书写将会损坏我们的记忆力。当我们知

---

① 译者注：弗里茨·朗（1890—1976），奥地利编剧和导演，《大都会》是他执导的电影。

道所有知识都在一本书里面之后，就不会再费劲地去记住它了，这会让我们的记忆力变得更差。他明确道，一本书只能以一种方式，即作者已经确定下来的那种方式来回应。同一本书对话是徒劳的：就像跟雕像交谈一样。然而，使用互联网就可以对话。我们询问我们感兴趣的事情的主要信息，甚至可以直接私人定制问题的答案。

然而，同时，与这种工具共生充满了危险。我能想到的第一个危险是获取权限的方便性：谁都可以进入互联网，想传播什么就传播什么，所以就连狂热分子、讨厌鬼和游手好闲的人也可以。就算曾经短暂拥有过一个网站的人，也会知道我在说什么。用行话来说，电子邮件尤其烦人。特别是对公众人物来说：回复时可麻烦了！可能会出现无限循环的通信往来。

还有其他危险：比如，电子游戏。每台电脑里都有一系列无止境的"小游戏"。最糟糕的要数"俄罗斯方块"：如果经常玩，那么晚上就会睡不着觉。那些彩色的小方块就像是在眼皮里无休止地掉落的瀑布一样，妨碍你入睡。一试便知。电子游戏是一种"毒品"：给一个雇员一台电脑，他们每天至少有一个小时会只用它来玩游戏。办公室主任很绝望。他们催着要开发一款能防止雇员在上班时间玩游戏的软件。父母在意识到自家的孩子埋头于电脑的时间比埋头于学校课本的时间还要多的时候也非常忧心。我自己，尽管对此不是很感兴趣，也无法摆脱电子游戏的诱惑。早上，我坐在电脑前，就不能不开始玩"小游戏"：我最喜欢"红心大战"。令人无法抗拒！

网上冲浪几乎是一种病：它能把与家人和朋友之间的关系清零。

到此应该问一个问题："我们会变成什么样？"说实话，我不知道。我知道的是，我们会久坐不起。白天我们在电脑屏幕前工作，晚上又坐在电视机前。比这更刺激的就只有夜晚了。确实，在睡觉前，我们总还是可以做做爱的，除非我们连这也想在网上做。

会很危险吗？会威胁到人际关系吗？会让人类更加孤独、更有压力吗？我不知道。在任何情况下，我都试着克制自己。阿瑞斯提普斯在被雅典的哲学家们指责他找了太多妓女的时候，用这句话糊弄了过去："该受到谴责的不是进到莱德①的家里去，而是进去了不知如何出来。"

---

① 译者注：女名。

别对电脑行话感到惊讶

从世界诞生以来就一直有人用"Abracadabra"这个词来打击不工作的人。从埃及和亚述—巴比伦的祭司开始，之后所有的巫术和诡辩者，最后到我们的政治家和医院的主治大夫都在使用。使用专业的语言是有回报的，它能让人变得更重要，并能提高使用它的人的威望。专业术语的杰出发明者之一是毕达哥拉斯。我们说实在的，这位生于当时的希腊—卡拉布里地区的哲学家也是个知名的黑手党。有一天，他把弟子们叫到自己身边说："我亲爱的小伙子们哪，在这儿，如果我们对威信感兴趣，就要从今天起，永远不让别人听懂我们说的话。人类会被分为两种：一种是我们，将会成为的数学家，也就是应该听懂的人，另一种是沉默者，就是其他那些只要听听，什么也不懂就该满足了的人！"

现在，不存在哪个团体、协会或是帮会是没有自己专业的用语的。这个坏毛病没有底线。你们去一家机场，不久就会听到广播通知说："由于意航 ① 班机 AZ……"什么什么的。

---

① 译者注：即意大利航空公司（Aerolinee Italiane Internazionali），航班代码是 AZ。

我现在想知道，第一个发明这种说法的白痴在他自己家，在跟他老婆说话的时候是否也经常说："卡特丽娜，我明天要出发了，我要搭乘去米兰的班机。"不会的，那个无赖跟自己的老婆永远都会用"飞机"这个词，就是在跟我们说话的时候才会搬出"班机"这个词来，因为他知道，普通旅客在面对"班机"这个词的时候会产生一种深深的敬畏，这样他们就不敢提出抗议了。

专业用语生长和发展的最肥沃的土壤是信息工程学。我们仍然不知道，专家们使用的那些技术性词汇是不是真的对电脑的运作不可或缺，还是说其真正的目的是允许在公司内建成一个新的、在工作领域闻名的特权阶级。如今，如果公司的领导想要维持他的合作者对他的尊敬，就不能再使用"文件""核查"或是"更新"这种词了。他必须淡然地说出"file""check"和"updating"。有一次，我 IBM 的同事给我写了封信，表达了想要跟我"核 –check"的意愿。一开始我还很担心，然后我被告知，他只是想跟我核对一些数据。你们想发明点儿新单词吗？太简单了：对任何一个简单的英语单词，加上后缀 –are①，如果幸运的话，你们就可以把这个新单词引入市场。Loop 加 –are 就是 looppare，意思是循环。就像这样，诞生出了"shiftare""randomizzare""splitare"②，公司上下欢

___

① 译者注：意大利的一些动词以 –are 结尾。

② 译者注：分别是"换班""随机""分开"的英语单词再加上后缀 –are 构成的词。

欣鼓舞。

电脑行话四处盛行、泛滥、渗透，甚至在日常用语中也是。谁的信息跟不上潮流，就会有提前退休的危险。有一次，我在同我们客户公司的年迈的总经理交谈时，没忍住说了我们从 IBM 出来的更优秀，因为我们有"know-how[①]"。那老头儿困惑地看着我，看了一眼我带着的公文包，然后压低声音说了一句："可不是嘛！"我就明白，这已经不算什么了。

重要的是别大惊小怪，要随时小心，听到人们之间在流传一个术语的时候虚心请教。有的时候，只是因为流感在床上躺了四天，你就可能被踢出工作会议群聊。过了一段时间才发现，就是在那四天人们发明出了十多个新的缩写和表达方式，听不懂它们，那个没接到消息的人就只能在绝对无法沟通的状态中慢慢摸索。

说到这里，为了支持我的论断，我本该列举一系列的说法，来向天真的读者们展示在电脑行话的丛林中生存有多么困难。但我要小心地不去这么做，因为正是从我能选择出的缩写和技术用词中，人们就能看出我作为工程师，到何种地步能被视作过时的了。

---

① 译者注：即独家技术或工序。

手机，我的苦恼

　　我痛恨手机。每当我在大街上看到一个人类（可以称作人吧）佝偻着背，大声讲话，全然不顾周围人的感受，我就会有非常强烈的厌恶感。我认为城市里应该设置专用的、得体的地方，比如电话亭，让那些忽视礼节的人在打电话时不被人看到。

　　昨天我乘坐高速电车从罗马到博洛尼亚。在我右边的是一个拿着手机的经理。在我对面的是个穿着皮质短上衣、戴着雷朋的墨镜的大个子年轻人，他也拿着手机。在大个子年轻人旁边的是一位年长的先生，穿着西服外套、灰色背心，打着领带……总之就是一个风格守旧的人。"至少这一位，"我自己想着，"应该不会有手机。"然而他有，他的确是有手机的！就是他第一个把手机从包里拿出来的。当听到手机铃声的时候，没有立刻听出来是打给谁的：所以在一开始人群中出现了一阵慌乱，一阵普遍的坐立不安。

　　每个人都近乎是出于本能地把手放在了各自的手机上。然后，一确定了铃声的出处，所有人都放松下来，除了那位老先生。说到这儿，我想着，现在急需发明一款手机；它不发出铃声，而是会清晰地发出它主人的名字。

来电话的是那位老先生的妻子。他先是汇报了旅行的情况（"我们刚刚从博洛尼亚出发"）。然后他告诉她，就在火车车厢里，在他的面前，坐着德·克雷申佐。"不是歌手，"他明确道，"是那个作家……写《贝拉维斯塔如是说》的那个。"显然那位女士想要亲自问候我一下。"我是您的仰慕者，我总是在电视上看到您。"我回答她说我们刚刚离开博洛尼亚。之后我就不得不再跟她的儿子、儿媳和儿媳两岁大的正在拒绝吃糊糊的小儿子互致礼貌的问候。但是，在这时，差不多是同时，第二个和第三个手机铃声响了起来。

那个年轻人是个花花公子。在从博洛尼亚到佛罗伦萨的这段路程里，尽管时间很短（站与站之间用了不到一个小时），他还是接到了整整四个疑似是情人的电话。说真的，他对所有的女孩儿都展现了同样的激情和热爱。"亲爱的，我好想你。""你知道的，没有你我没法儿活。""昨天夜里我梦到了你。"打电话过程中唯一有变化的是对话者的教名。

然而，所有人中最繁忙的还要数那位经理了：他应该是个在交易所里进行投机的人，至少应该是个懂行的。确实，我不玩投机，但我能买什么？CCT[①]？BOT[②]？证券？股票？关于股票，不好意思，有什么是我一点都不了解的？

---

① 译者注：CCT(conditional cash transfer)，"有条件现金转移支付计划"，是一种福利计划。

② 译者注：BOT(buono ordinario del tesoro)，是意大利的一种零息票债券。

那位经理，在他打电话的时候，说话一直都不清楚，不像那个花花公子和那位老先生，他们说话一直都很清楚。那经理从来不说名字，也从来不说数字，他只是向那些设想中的股票点点头。"不，那些不行……你知道我们不能信任它。买其他那些，我昨天跟你说过的那些……但拜托，别全买……买三分之一，三分之一、三分之一地买。对，那些可以，那些没问题，其他那些也是……但是我强调，要一直睁大眼睛，时刻准备着，一旦有一点点下跌的苗头就卖掉。"

这个故事的寓意在于：我带了一本有一点儿难懂的书来读，乔吉奥·彭佐的《镜中的尼采》，结果我根本读不下去，我停在了第十页。可能是那个花花公子的原因，也可能是因为那个在证券所玩投机的，反正我没能集中精力。至少那位老先生让我给我女儿打了个电话。"喂，宝拉呀，"我对她说，"你怎么样？我是爸爸。我们刚刚经过博洛尼亚。"唉，手机是多么伟大的发明呀！

我们好好想想，如果手机早点被发明出来，谁知道会不会改变历史。比方说，拿破仑可能就不会在滑铁卢战败。在打败英国人后，拿破仑被普鲁士人包围，他派传令员去找格鲁希元帅，让他们速来支援。但是那个传令员没能到达目的地：不管他是半路被杀了还是溜走了，反正没在格鲁希那里露面。但是，有了手机，一切都能在一瞬间解决。"喂，格鲁希，我是拿破仑。火速过来，这里有普鲁士人！"罗密欧和朱丽叶也不会死。她会给她的爱人打电话，对他说："罗密欧，你听着，我没有死，我只是睡着了。不要像你往常那样过于冲动地行事。"

最后，埃勾斯也不会死。他让儿子忒修斯去杀死弥诺陶洛斯，然后对他说："忒修斯呀，你回来的时候，要记住，如果杀掉了弥诺陶洛斯，就换一下帆的颜色。降下黑色的帆，换上白色的。这样我从很远的地方就能知道，到底谁才是胜利者。"可惜的是忒修斯忘记了埃勾斯的嘱托，于是埃勾斯从苏尼翁角头朝下跳入了海里。如果有手机的话，今天那片海，可能不会叫"爱琴海"，而是会叫"意大利移动通信海"。

在床上，和电脑一起

我的一个搞计算机的朋友问我："你家怎么建了个这么大的藏书室呀？"

"呃，"我回答说，"我不觉得有多大：我买非常多的书，我收到很多的礼物也是书。要是再这么下去，再过十几年我就不得不扩建了。"

"十几年之后书籍将不复存在：都会变成古董了。"

"'它们将不复存在'这话怎么说？"

"就是说，不会再印刷书了。用个人计算机就可以了。它们将会被像圣餐饼那么薄的软盘、像小拇指那么大的U盘所替代，或者你也可以在网上浏览任何你想要读的书。"

我含情脉脉地看着我深爱着的藏书室（有四千本书），惊恐地想着有一天这堆东西会变成一盒磁片。

实际上，我现在还拥有着我生命中全部的书籍：从第一本松佐尼奥出版的萨尔加里的书，到最后一本波普尔的杂文。在我还是个孩子的时候，和我那些靠卖二手书赚钱的学校同学们不同，为了不和我的宝贝们分开，我很长一段时间都处境悲惨。说实在的，除了有一些例外的情况，我从没有再重新读过任何一本书；尽管如此，也别想有人碰它们！管我借书就像是在冒犯我。

总之，我这位朋友想让所有书籍从地球表面上消失，就好像一本书唯一的功用就是被人阅读一样。首先说，我习惯在晚上，就在睡觉之前，在床上读书；十年之后我怎么办，把个人电脑放到床单下面吗？！然后，当我读完书，眼睛半睁半闭地放进书签，或是给我读过的最后一页折个角。在笔记本电脑上我怎么办：折个电脑角吗？

"你只是强调了这个问题的一些感情上的问题，"我的朋友反驳道，"而且，你有意不提一系列实用的优点。我们假设，比如说，你的电脑连接着意大利百科全书，里面有所有你想知道的关于汉尼拔的信息。好了，只要在键盘上编辑键入'汉尼拔'，不到一秒的时间内，这位迦太基将军的词条就会出现在屏幕上。"

"从你对我说的话里，我意识到我从来没理解过什么是百科全书。问题不在于知道'谁是汉尼拔'，而是在所有你感兴趣的、以'A'开头的①词条里，只有这一条能吸引你投入注意力。我再解释得更好一点：当你拿到一本意大利百科全书从"Ammo"到"Arbi"那一卷，想要找汉尼拔的时候，不可避免地，在寻找的过程中，你的目光会被其他词条所吸引。有的时候，你不会对布匿战争感兴趣，而是最后会去深入探

---

① 译者注：在意大利语中汉尼拔以"A"开头。

究纹章学或是世界末日。那些斯福尔扎和德拉罗韦雷的彩色文章，是卢卡·西诺莱利的一些特别的文章，还有其他很多奇怪的东西，一直到那时它们被深藏在那卷书里，对你会有特别大的诱惑力。"

我的朋友抛弃了我，他说跟我这样的人永远不能认真聊天。我独自一人，随手从我的藏书室里抽出一本书：是安托万·德·圣·埃克苏佩里的《小王子》。我从中间打开①：

"早上好。"小王子说。

"早上好。"商人说。

他是一个贩卖止渴药丸的商人。如果吃下一颗药丸，一个星期都可以不用喝水。

"你为什么卖这东西呀？"小王子问。

"这样做节省了大把的时间，"那商人回答说，"专家们做过计算。每周可以节省五十三分钟。"

"那这五十三分钟你会用来做什么？"

"想做什么做什么……"

"如果我，"小王子说，"有五十三分钟可以用，我会优哉游哉地走向一座喷泉……"

---

① 译者注：下文是译者根据本篇原文意大利语所翻译的。

没有冰箱，苏格拉底是怎么做的

早在 1959 年我就开始卖卡片打孔的机器了。在那个年代，电脑的前身是结构复杂且用途基础的机器，它们像衣柜一样大，重达几百公斤，开张发票或是算下一个季度的余额要花上十几秒，甚至是十几分钟。它每天都要坏一次，还能占据一整个大厅。后来有了微电子学，一切都突然变得更小、更易操作、更精致。我有幸入手的第一台电子计算机叫作 IBM 1401：它的处理器不是很强劲，但我们还是一样成功地把它卖了出去。1401 非常低端：它连乘法都做不好，而我，不管它做得是好是坏，都让它去做。

二十年来，我卖过电子处理器，为 SPS[①]、COBOL[②] 和 DOS[③] 编过程序，我组装了十几套设备，但我一直有一个疑惑：

———————————

① 译者注：SPS（Symbolic Programming System），IBM 1401 的符号程序系统。
② 译者注：COBOL（Common Business Oriented Language），常规商业信息处理语言，是最早的高阶编程语言。
③ 译者注：DOS（Disk Operating System），磁盘操作系统，是个人计算机上的一类操作系统。

"电脑是真的有什么用，还是只是我为了完成 IBM 给我分派的销售任务，对客户进行暗示，甚至要向他们讲述根本就不存在的问题？"总之，我所参与的是一个颠倒了的奇怪的市场，供应在需求之前，所谓的客户，在老板和中心经理看来，几乎总是我的头号共犯。

尽管我有二十多年的经验，在变成作家之后，我还是没法抵抗科技的诱惑，于是我现在就对汽车和小机器着迷。

这时我问自己："没有冰箱，苏格拉底是怎么做的？"我脑海中重现出《斐多》的开头：

"亲爱的斐多，"苏格拉底说，"你去哪里，又从哪儿来？"

"我刚才和凯法洛斯的儿子，吕西亚斯在一起，"斐多回答说，"现在我想去城外转转。"

换句话说，那个时候的雅典人真的是什么都不干：他们散散步，互相吵吵架，讨论善与恶，但至于想生产什么实用的东西出来，就别提了。事实上，在伯里克利统治下的雅典的诚实的市民，也就是那些雅典人生的雅典人，是非常少的：差不多有两万。剩下的那些奴隶数量非常多：总共有二十万到三十万。这些享有盛名的雅典人中没有一个动过一根手指去发明对生活有用的东西。不仅如此，如果他们工作的时候被当众看到，就有出丑的风险。

如今现代的奴隶本应是计算机，但事实却恰好相反：我们发明的机器越多，就越是被迫跑在它们屁股后面，好让它们正常运转。我们举个例子：电话。

我爸爸给我讲，在临近十九世纪末的时候，电话被发明出来，一位国家电话服务公司的技术员去向我的爷爷——绘画艺术家朱赛佩·德·克雷申佐骑士解释电话的用法。

"佩皮阁下，"技术员看他相当怀疑，于是对他说，"电话就是一个粘在墙上的木头盒子。在某个时候，这个盒子会响起来，您就去应答……"

"什么？什么？"我的爷爷打断道，"它响，我去应答！？"

我爷爷那开明的愚昧让他立刻发现了科学发展的主要缺陷：它并不寻求别人的许可。发展走进来，然后迫使所有其他人应答。

在今天，苏格拉底会对我说什么？

"哦，卢西亚诺，"他会对我说，"我为你的同时代人所实现的那些美妙的发明感到高兴，但我害怕当他们习惯拥有这些发明后，很快会在他们之中产生一种依赖，最后他们会变成自己的发明的奴隶。"

"是的，哦，苏格拉底，"我会反驳说，"但是你要承认，这些都是特别出色的发明。一台传真机，尽管它没有赫尔墨斯那双带翅膀的凉鞋，还是能以比任何信使都快的速度送信。一台电脑能让我们做十分复杂的运算，比从宙斯的脑袋里诞生的雅典娜所能解决的还要复杂。我们的这些机器，每一台都能让我们与众神更加相似。"

"只不过是表面上，哦，卢西亚诺，只不过是在表面上罢了：在根本特征上，你们还是一样。发明不过是感官的延伸：

电话是耳朵的延伸　电视是眼睛的延伸，汽车是双腿的延伸，电脑是记忆的延伸，以此类推。但是，尽管有这些发明，今天的人类还是我在伯里克利时期所了解的人类：他们像阿尔西比亚德斯一样野心勃勃，像阿瑞斯提普斯一样虚荣而愚蠢，像阿尼图斯一样善妒，像阿伽通一样贪食。如果你的电脑真的改变了人类，那就没有人会为了权力和金钱而争吵了。"

说完这些，我不得不问自己："我是在之前更好，还是在现在更好？""科学进步给予了我什么，又夺走了什么？""幸福蕴藏在变化之中，还是在一成不变之中？""科技属于存在，还是属于形成？"为得到与此相关的见解，我给我的工程师朋友、哲学家、电脑使用爱好者加斯帕雷·罗索利诺打了电话。

"嘿，加斯帕雷，近来如何？"

"非常好，你呢？"

"我也很好。听着加斯帕雷，这几天晚上我想挑出一天跟你讨论一下'科技的利与弊'的话题。下周四我们八点在我家见面怎么样？或许一起吃个晚饭？"

"我很乐意，只是现在我还不能给你准信儿。你得明天再给我来次电话。"

"为什么呀？"

"因为我的系统崩溃了。"

"什么叫'你的系统崩溃了'？"

"我把下周所有的日程预定都记在电脑上了，而这问题唯一的中心在于电脑暂时没法儿使用……"

“……因为你的系统崩溃了……”

“……就是因为这个，所以我不知道下周四晚上八点我是不是已经有约了。”

“与此同时，你就不能在一张纸上记下我的邀请，然后等你的电脑一修好，你就给我个准信儿？”

“不是我不能：那我花这么多钱做个电子日程表干什么呀！如果我重新开始在纸片上记日程，那我就跟计算机永别算了！”

科技："万物皆流"

你想说："我根本就不在乎互联网。"这是你们在工作面试的时候会被问到的第一个问题：提到的还只是互联网，有点儿耐心！我们注定学会使用它，就像几百万人做过的那样。麻烦的是，互联网也是注定会改变的，于是从现在起几年过后，我们被迫学习使用一个明显比现在的互联网强得多的全新互联网了。

如今两年前买的电脑已经不是电脑，而是一具电脑的尸体了。最理想的是跟信息企业签订一份类似这样的休战协议："我们尽情享受十几年我们已经发明出来的东西，然后再更新。"

曾经有一位伟大的哲学家——赫拉克利特——他说过"万物皆流""一切都在流动"，即"一切都在变化"。好吧，赫拉克利特可能从未想过自己有一天会成为现代工业的思想引导者。

事实上，如果市场没有推出彩色电视机，我们中有谁会换掉自己的电视机？"万物皆流"就这样诞生了。不管愿不愿意，我们都被迫把我们心爱的黑白电视机扔进了废弃物回收箱。

汽车也是一样："最新型号"一个接一个地出现。手机就更不用说了：很快我们就会发现我们离不开它了。

谁知道在以前，没有手机的时候我们是怎么活下来的？！但是赫拉克利特还不满足：他命令我们改变它。实际上，他向我们推荐更小的型号，然后是再小点的，然后是还要更小一点的。

总之，"万物皆流"，愿上帝保佑你们。

圣露琪亚的帕罗内托的故事

那不勒斯是由一群优卑亚岛的农民在公元前六世纪或在那之前建立的。吸引这些优卑亚人的十有八九是那座土山，如今它叫作埃基亚山，面朝那不勒斯湾。实际上在那个时代，每个城市都要有自己的卫城，以防备袭击，而埃基亚山就是一座完美的卫城，它的高度足以压倒入侵者。一开始这座防御工事的名字叫作帕雷波里，或是帕尔特诺佩，之后才被叫作内阿波里斯①，即"新的城市"。现在，在埃基亚山的周围出现了一片由纵横交错的小巷组成的地区，被称作圣露琪亚的帕罗内托，该地区主要住着渔民家庭。但是，帕罗内托曾是烟草走私者最喜爱的地方。我记得，这一现象是如此令人担忧，以至当时的一位部长，我现在记不起他的名字了，他直接给蓝色汽艇的船主发工资，只要他们不去走私。有一天，RAI②让我去采访他们。

当我们从罗马启程前往那不勒斯的时候，RAI 的导演觉

① 译者注：内阿波里斯（Neapolis）由"nea"和"polis"组成，意为"新的城市"。

② 译者注：RAI（Radiotelevisione italiana S.p.A.），即意大利国家电视台。

得应该提醒我一下。

"德·克雷申佐，我们立刻说明一件事情：我可不要晾衣服①！"

"我没明白。"我回答说。

"我是了解您的，如果您想像平常那样拍那不勒斯的小丑，那我告诉您，我不干。我们要做的是一次简明扼要的节目，不要民风。我们采访走私者就行了。"

但是，不幸的是，那天是下了一个星期的雨之后的第一个晴天。帕罗内托里所有可以取景的地方都挂满了晾衣竿。

"我们再往前走走。"导演命令道。于是我们都移动起来，去找没有民风的景致。然而，可惜的是，我们越往前走，就越是能看见晾晒出来的衣服。

"我们可以到埃基亚山上去，"我提议道，"在上面拍，背后是海。"

"对，"导演讥讽地说，"这样我们就能拍明信片了！"

最后，我们都垂头丧气，不得不请一位女士把她晾的衣服收起来，好让我们拍摄一个最平庸的镜头。

而提到圣露琪亚，就必须了解它的历史。直到十九世纪的最后几年，帕罗内托的居民还直接面对着那不勒斯湾。事实上，圣露琪亚路沿海。然后，在 1905 年左右的一天，在那

---

① 译者注：那不勒斯居民区相对拥挤，居民们会把衣服晾晒在两栋房子之间。

原本是海的地方建成了一座水泥堰堤和两排楼房。现在渔民们晾起衣服的地方，在那之前还能看到海景。我们想象一下他们是怎么看这些新来的人的，或者说是怎么看我们的，因为我也出生在那两排楼里。

圣露琪亚路在短短几年内变成了两个互相憎恶的群体的分界线。我们管他们叫"无赖"，他们叫我们"阔佬"。我们在梅尼基耶洛家买水果，他们在梅扎伦瓜家买。我们去圣露琪亚教区做礼拜，他们去锁链圣母教堂。实际上每个人都在他自己的那片区域生活，没人胆敢穿到另一片区域去。尤其是我们小孩子，我们把这件事看得很清楚。圣露琪亚路有点像保罗街[①]。穿过它就意味着被打倒流血。唯一一个曾经可以穿过这条街而不受伤的是我，现在我来给你们解释原因。

我出生在一栋可以看到海景的楼房的第四层。我亲爱的朋友卡洛·佩代尔索利出生在同一栋楼的第二层。卡洛个头巨大。在十三岁的时候他就比我高至少二十厘米。有他在我旁边，就没人能砸我。我们可以随时、随意地穿过圣露琪亚路。我们曾经是小学和中学同学，然后生活将我们分开了：我变成了工程师，之后变成了作家；而他，先是游泳冠军，之后是演员。现在他叫布德·斯藩塞。

几个月前我在维苏威宾馆跟卡洛见了面，我向他提议说

---

① 译者注：出自匈牙利作家费伦茨·莫尔纳（1878—1952）于1906年出版的青年小说《保罗街男孩儿》，讲述布达佩斯保罗街两派学生团体之间的暴力冲突。

再去看看我们出生的那栋楼。但是，我们在路上被两个帕罗内托的顽童拦住了。

"布德·斯藩塞，他可真帅呀！"他们中的一个说，按照那不勒斯的规矩，把重音放在了姓氏斯藩塞的第二个"e"上①。

"我们多想有个像布德·斯藩塞一样的父亲哪！"

另一个说："我们可以叫你爸爸吗？"

这时卡洛完全不像是我们在电影里习惯看到的那个易暴怒的打手，当他听到两个小男孩儿愿意叫他"爸爸"，正要感动的时候，两个男孩儿里第一个说话的那个说："我们是孤儿，我们没有爸爸！"

卡洛·佩代尔索利热泪盈眶，然后给了那两个或许根本不是孤儿的顽童一人五十欧元。

---

① 译者注：斯藩塞的拼写是 Spencer。

那不勒斯的奥秘和手艺

"先生，您是一位作家，所以我绝不敢给您提意见，但是您听我跟您说：如果您写我的一生的故事，那就是在写那不勒斯的历史。"

"您很早就开始工作了吗？"

"我八岁的时候就开始吹意大利面。"

"您做什么？"

"吹意大利面，先生，吹意大利面的碎渣。爸爸为了不让我过于贫困，把我放在了他的一个肉店商人朋友那里。我每天都要收集人们剩下的碎面。碎面就是吃剩下的、在桌子上或是地上的所有意大利面的大片的碎渣。您知道，就是那种混合意面：长条形意面、小通心粉、面片……跟菜豆或土豆放在一起吃就能变成非常可口的东西！好了，我刚刚给您说到，那就是我的工作：我收集碎面，放在一个筛子里，来把它跟真正的垃圾分开，在最后要在上面吹一口气，这样灰尘就会飘走了。所以别人叫我'吹意大利面'的。"

"肉店给您多少钱？"

"中午他们给我一个夹着熟火腿的帕尼尼，晚上给我一盘热菜。"

"之后您做了什么？"

"就一句话，先生，我做了什么？什么活计我都做过。而且我并不害臊这么说，我还进过监狱。"

"您愿意告诉我为什么吗？但是如果您不愿意，就不用跟我说。"

"我为什么不愿意跟您说，那是我的人生啊！嗯，我第一次进去是因为当街抢劫，当时我十五岁。其他几次是因为偷车，我曾经为一个组装旧车的人工作，晚上我去他那里接受指令。比如，他跟我说，我要两个这样和那样的汽车收音机，或者一对菲亚特1100的尾灯和一个宝马迷你的备胎。在那儿给他干的人有十多个。"

"然后发生了什么？"

"然后只有我们进了监狱。但是，在这进进出出期间，在波焦雷阿莱，我的女人给我生了一个女儿，所以我得结婚了。这时我感觉到了，怎么说呢……家庭的责任，于是我决定停止那种糟糕的生活，一头扎进烟草行业里。我做了十年，甚至更长时间的烟草走私。现在，上帝保佑，我保证我行为端正……"

"您有几个孩子？"

"五个，先生。三个男孩儿和两个女孩儿。最小的女儿六个月大。"

"现在您做什么工作？"

"现在我很不错，我在用二手衣服做生意，还和我的妻子一起建立了一个焕新部门。"

"'焕新'是什么意思？"

"我这就给您解释，我们批量买进二手衣服。或是从肥皂商那里进，或是从美国大捆大捆地进。但您得知道，当您买一大捆的时候，货品可能是好的，也可能是差的。就是这样，因为买一捆货可不能往里面看。他捆成什么样子你就得怎么买。按斤两付钱，摸黑买。有的时候你会买到特别让人反感的那种，你不得不买多少扔多少。但有的时候有值钱的货，用这些和那些组合在一起我们就能赚钱。"

"你们焕新的就是这些货？"

"没错。我们有剪裁部门、洗衣部门和熨衣部门，还有焕新部门，这是让我们最满意的部门。"

"这说的是？"

"我现在给您解释，就像我跟您说的那样，有的时候会进到一些还不错的货，只是上面有些口子，烟头的烫痕，或是单纯的虫蛀。这些衣服在我们这儿，只要有点儿耐心就能让它们变回全新的样子。"

"你们怎么做呢？打补丁吗？"

"不完全是。我们假设，比方说这件货是一件短上衣，我们首先把它跟其他所有短上衣一起挂在一间最好是能关上门的屋子里，在地上，在地板上我们放上一些装着开水的小盆，让水蒸气使皮革的温度升高。"

"真的吗？"

"真的，因为皮革在感受到热度之后就会很'高兴'，就好像它在说：'发生了什么呀？这热气是什么呀？'之后，还是不慌不忙地，我的大女儿帕特莉奇亚用一个刮胡刀刀片在褶皱里面刮出上衣皮革的粉末来。很好，到了这一步，我的妻子会用这种粉末跟一点透明的糨糊混合，做成一种糊状物，用它来慢慢地把所有的洞都填上①（填补）。我的货，先生，它们从焕新部门出来，就好像是从文艺复兴百货②出来的一样！"

"你们挣得多吗？"

"感谢上帝，我没什么可抱怨的。"

"所以可以说你们相当满足。"

"坦白来讲，先生……我不知道怎么回答您。我感觉我好像缺少某种重要的东西。也许这是因为我总是考虑我的子女的未来。您瞧，先生，我有一辆好车，在红桥那儿有间房，当然是租的，但我该对您说什么呢？我总是感觉我缺少什么。在我看来，我缺少的是举行罢工的权利。为保护我的家人而举行示威的权利。我不知道我说明白没有。"

---

① 译者注：此处原文使用了那不勒斯方言。

② 译者注：意大利连锁高端商品百货。

我的贝拉维斯塔在那不勒斯

　　我曾是个正派的人，我曾是工程师，由于跟演艺界人士——里娜·韦特缪勒①、马里奥·莫尼切利②和伦佐·阿尔伯雷③交往密切。后来我也拍了点电影。干导演这一行和上帝很相似：想象出一个故事，然后让它诞生出来，变得像真的一样。创造出人物、行动，还要把音乐插入进去。说起这个，我经常问自己，要是生命中能有背景音乐该多好，它能及时提醒我们将会遇到的危险，更棒的是，它能提醒我们什么时候自己恋爱了。只要立响小提琴，就能让我们有所提防。

　　当个导演的首要条件是要住在罗马。

　　如果不能至少一个月去一次电影城，就不会有拍电影的意愿。从远处看着五号剧场就能改变一个人的性格。人们立马就能想到费德里克·费里尼，随后他们脑子里的所有东西都开始运转。费德里克不是一般人，他超越了凡人。他的声

① 译者注：里娜·韦特缪勒（1926—　），意大利电影导演、编剧。
② 译者注：马里奥·莫尼切利（1915—2010），意大利导演、剧作家。
③ 译者注：伦佐·阿尔伯雷（1937—　），意大利电影导演、演员、歌手、电视节目主持人。

音非常微弱，但是他说话的时候会让人大吃一惊。

　　所有这些再加上我对那不勒斯的热爱，就立刻能让人理解我为什么会拍摄《贝拉维斯塔如是说》了。我是从拍摄那不勒斯小巷里的那不勒斯人开始的。我记得的第一个人物是在长阶梯的台阶上躺着的大胡子男人，他旁边有一个牌子，上面写着"一个沦落到此地的同胞"。那么，人如何能禁得住诱惑，不想知道这个同胞到底干了什么才被配上了那块牌子？于是他就会开始询问、攀谈，想要结识他，不久之后，他自己甚至都没意识到，就已经变成导演了。那不勒斯不像其他的城市，它本身就是一套已经在运作的电影场景，都无须说"开拍"，就能在这里拍摄一部电影。这里的演员天生就"习得"了拍摄技术。

　　在我的第一部电影里，里卡多·帕扎亚讲述他是如何在货摊上看到了一个小红马，就开着他的车门离开了几秒的。他说他隐约看见有个无赖进了他的车子，正在他要讲完他的故事的时候来了第二位先生问他发生了什么事。这时好心的帕扎亚又开始从头讲起，直到没有第三位先生再来问他同样的问题。实际上，在场的每一位都为这一幕贡献了自己的评论。然后，美妙之处在于，所有这些参与的人都不是演员，而是路过的那不勒斯人，他们乐意为这一幕电影出一份力。

　　拍摄《贝拉维斯塔如是说》并不难，难的是开始拍摄一幕戏之后要怎么停下来。整个那不勒斯都想要合作，有的提供建议，有的提出愿意免费出演，有的在二楼的窗边，手里陶醉地拿着一把吉他。我还遇到一位小老太太，为了被聘用后能拿钱而假装了一次昏厥。

是诈骗还是生存之道

在那不勒斯当法官是世界上最难的工作之一。这意味着要同时尊重法律和省内三百多万居民生活的权利，意味着要坐在最高的法官席位上，然后下一秒就感觉自己站到被告的旁边，去解读他的想法。同样，用语最终也要产生根本的变化：要不断地在法律表达和本地的说法之间、在法典条文和亲密的方言之间应对自如。

在入口的大门处，一个看管雨伞的人告诉我们，我们到了法律"正确"和人性"正确"之间的分界线。雨伞被认为是不适合带进法院大厅的器械，就这样，一个新的职业诞生了。

失业让被告席和观众席都变得非常拥挤：旁观庭审总归也是一种消磨时间的方式。

那些争议的事物有时值得正义女神出马，有的时候能降级到穷人间为了日常小事而进行的小吵小闹。初审法官发言、被告发言、律师发言、心地诚实的假证人（嘘）发言、观众发言：所有这些都同时进行。

"萨尔瓦多雷·索伦蒂诺和杰纳罗·索伦蒂诺。你们是兄弟吗？"

"不，法官大人，我们是同父异母的兄弟。杰纳里诺①是二婚生的。"

"你们有多少兄弟姐妹？"

"在头婚和二婚之后，我们一共是十二个孩子。五个男孩儿，七个女孩儿。"

"这才是那不勒斯真正的悲剧所在呀！好了，我们来说我们的事：你是杰纳罗吗？"

"不，先生，我是萨尔瓦多雷。杰纳里诺是他。"

"萨尔瓦多雷，事情在这儿写得很清楚：你们二人，趁城郊高速公路工人罢工之机，守在出口处的一个收费站内，对每辆过路的车收取了五百里拉。多棒的主意！干得真不错。"

"法官大人，事情不是这样的：我们没有向任何人要钱。"

"那你的意思是这件事是我做梦编出来的了！你等着，我现在给你读一下诉讼记录。好了……'在1979年3月27日十二点十五分，在沃梅洛出口收费站……假扮作工作人员……上述的28岁的萨尔瓦多雷·索伦蒂诺和19岁的杰纳罗·索伦蒂诺，等等……'在这儿：'他们从通过上述收费站的所有交通车辆处勒索了数额为每辆车五百里拉的过路费。他们非法获取盈利，损害了南方建设公司的利益。'你们还有什么可说？"

"您的话有很多错误。"

---

① 译者注：杰纳里诺是杰纳罗的指小词，表示亲密。

"什么意思？"

"意思是，您忘记讲述了一件最重要的事。"

"就是说？"

"当时在下雨。"

"当时在下雨？那又有什么关系？"

"有关系，法官大人，因为我和我的弟弟本应到沃梅洛去，并请一位非常善良的先生带了我们一程，而他本来是要去阿尼亚诺的。这就是当我们到达沃梅洛收费站附近时，那位非常善良的先生让我们下车的原因。遗憾的是我们现在不记得这位先生叫什么名字了，不然我们会让他来这里做证的。"

"我不明白他来能做什么证。"

"他可以证明，在我们从他的车上下来之后过了两分钟，就开始下雨了。"

"所以呢？"

"所以，法官大人，我对我的弟弟说：'快跑杰纳里诺，雨马上要下大了'，就这样我们进到了高速路的收费站里避雨。现在你们可能不信，但从那个时候开始，所有从那里经过的车都会给我们五百里拉。"

"那给你们一千里拉的时候你们还会给找钱吗？"

"会，但这是为了做一件对大家伙儿都公平的事。"

"这是诈骗哪，索伦蒂诺。"

"这算什么诈骗哪，法官大人！那些五百里拉是他们自愿给我们的，我们也确实每次都道过谢。然后，要知道：那五百里拉是那些司机应该付的，对不对？不管南方建设公司是不是在罢工。那么，你们让我搞明白一件事儿：我们是从谁手里抢走了这些钱？"

这艰难的判决留给读者。

那个我的九月二十日

二十世纪五十年代我曾在一家妓院工作。那个时候我还是大学生，靠在那不勒斯的一家妓院——嘉娜膳宿公寓算账挣生活费，它坐落在港口长椅路，在大学附近。老实说，我见不到什么妓女，这是因为在经过一个晚上紧张的工作之后，在周一的早上，所有的女雇员都还在睡觉。我的工作是计算每个姑娘将会得到的报酬。

但是现在，我们来为新一代解释一下，妓院是如何运作的。

首先，进妓院是免费的。

要先进入一个大厅休息，在那里，妓院女子们踱着步，供人欣赏。护送客人们完成他们的本分的是一位中年女人，也叫作老鸨①，她不停地高声喊着："快点帅哥们，快点开干！快点帅哥们，进房间去！不要闲逛（浪费时间）啦。"客人中只要有一个点头，表示他喜欢一个姑娘之后，这位女人就下台阶到下一层，那里有一个收银台。客人支付他该付的钱，然后会收到一个牌子，也叫筹码。然后他就跟着妓女一起上

---

① 译者注：此处原文为法语。

楼去房间。但是在他大展雄风之前姑娘会对他说："怎么，我们不喝一点普洛赛克①吗？"于是，她就通过内线电话在下面的酒吧订了酒水。在嘉娜膳宿公寓，妓女小姐们从筹码费里收取40%，从酒水消费中收取30%。筹码和酒吧的小票都会被装进一个橙色的信封里，上面写着那位妓女的名字。

体验并不总是令人愉快的，这也是因为，在发生关系时那位小姐只是一直都在重复说："快点做，不然我让你付两倍的价钱！"在1958年，价格是根据房间的等级变化的。我去的那家，简房要200里拉，双人房350，半小时房500。军人能享受五折优惠。但是，如果是豪华房间，比如国际房间或至尊房间，需要付的钱要多得多。因为我的经济能力不是很强，我从没超出过嘉娜膳宿公寓的级别。然后，每十五天妓女会更换一次：那不勒斯的会去帕多瓦，帕多瓦的去博洛尼亚。这么一来，几年下来就能认识半个意大利的妓女。用行话说就是："'十五天一更'到了！"

在1958年的九月二十日，由于梅林法令②，妓院都关门大吉了。前一天，在那不勒斯，圣雅纳略③没能带来奇迹。在那个年代约有3500名职业妓女从事卖淫。一经获得自由，这个数字变成了三万，而在今天，由于非欧洲居民的贡献，这个

---

① 译者注：一种起泡白葡萄酒。

② 译者注：由参议院丽娜·梅林（1887—1979）于1958年九月二十日实行的禁止卖淫法令。

③ 译者注：圣雅纳略是那不勒斯的圣人。

数字好像已经超过了五万。无论如何，最后那天非常悲切动人。所有人都在哭：妓女们哭，客人们也哭。他们中有的说道："没有你我迷失了自己。我要怎么活下去呀？让我知道你会去哪里生活吧。"妓院的老板嘉娜女士也在哭泣。在那个九月二十日，我记得，她见到我的时候说："我每天换三次床单。这些可怜的姑娘都不知道如何独立生活！她们都会落到恶棍的手里，被打到流血。但是在这儿，她们有我这个妈妈在，而且每周三都会有医生过来看诊。"

给一个火星人解释的民主

　　我把车停在了罗马城外，碰见了一个火星人：他完完全全就和我们一模一样。外套、领带，还有威尔士亲王格纹的西服套装。那么，有人可能会问我，你怎么知道他是个火星人的？因为他亲口对我这么说的。他说："我是一个火星人。"他具体解释说，火星人可以变成任何他们想要的模样，因此，当他们去另一个星球巡查的时候，正是为了不让人认出来，才变成跟当地居民一样的外表。当然，我没有相信他，甚至觉得他是个疯子，然后慢慢地他开始问我一些问题：他什么都想知道，他想知道我们所有的习惯。他问我我们有什么样的电视节目，政治是如何运作的，甚至问了我们最喜欢的运动。为了举例子，我誊写了一下我们之间的对话。啊，我忘了说：他说着一口非常完美的意大利语。

　　"你们用的是什么政治制度？"

　　"民主制度。"

　　"什么是民主制度？"

　　"一种为国家选举政府官员的制度。每年有预先规定好的一天，在这天大家都去投票。"

"谁去投票呢？"

"所有满十八岁的意大利人。"

"愚蠢的那些也去？"

"愚蠢的那些也去。"

"然后呢？"

"然后会选出政府官员。我们叫他们国会议员。"

"我懂了。那么，一旦被选上，这些国会议员会做什么？"

"统治国家。"

"就是说？"

"他们制定法律，任命负责管理公共组织，比如 RAI、INPS①之类的组织的行政官员。"

"好的，我懂了。但这样一来，他们不就是要服从任命他们的人了吗？"

"他们当然要服从。因为您看，我亲爱的火星人，一个政党要是想正常运转，就需要一大笔钱，于是那些被选上的人就有可能会为了自己被选上而有所回报，据我所知……铁路常任董事……"

"我没明白：他负责做什么？"

"负责为让他当选的政党收敛钱财。"

"他能这么做吗？"

---

① 译者注：INPS（Istituto Nazionale della Previdenza Sociale），意大利国家劳动社会福利保障局。

"从法律上来讲不能，因此很明显，他不得不在预算上造假。"

"他怎么收敛钱财呢？"

"利用招标。他只让那些做出让步给出一些钱财的企业中标，然后，这些钱中的一小部分他作为中间人收取，另一部分，更大一点的，会给赢得选举的政党。"

"这就是民主？"

"实际上就是这样。"

"亲爱的审查员，别给我发调查通知"

现在担保调查通知应该改名了：它完全就是诽谤通知，甚至简直就是一种提前定罪。实际上，一般人在面对担保调查通知的时候，会思考如果他自己处于被调查人的境地应该如何行动。比如，当他读到有人为一个月薪只有1500欧元的金融家提供了一百万欧元的贿赂的时候，在他的潜意识里他会接受这份指控。

因此，我的建议是完全废除这种做法，或者至少批准一条法令，允许公民能够自愿放弃被通知的权利。他只需要去警察局签一份声明，说明自己任司法当局处置就可以了。在这之后司法部门在发送调查通知之前就需要查看这些自愿被调查者。既然我们在讨论这个话题，我借此机会发起以下的呼吁："意大利的审查员，别给我发调查通知。"就我自己个人而言，我问心无愧：我从没有过行贿受贿的行为，从没偷过税（为此我还去见了税务警察，结果我完全是清白的），从没有强奸过任何人，唯一与我有过亲密关系的、比我年轻的女性是我的妻子，但在那之前我们已经结婚。我犯过的法只有非法停车，和由于分神而在单向车道上逆行。说完这些，你们想怎么调查就怎么调查吧。我的人生任你们处置，但请你们不要通知我。给我个惊喜吧！

助理一职

他们共六百三十人，他们年轻、能干，他们当了助理。我们的众议员们做出决定，如果他们没有私人秘书，就没法继续干下去。怎么能认为他们错了呢？每个议员都有他们自己的选区要照看，同时还必须出席国会会议：那么，由于他们没有分身术的本事，他们要么得坐在国会大厅里，要么得关注选民，而他们的竞争对手们就等着在之后的选举里抢走他们的选票了。

然后，还要给那些寻求帮忙的人一一回复，要给同事们过目一些推荐人选，要参加议员委员会，要参加党派会议，要给家人打城际长途电话，还要为争取能得到几个秘书助理而奋斗，类似的事务要多少就有多少。总而言之，议员过的是地狱般的生活！

再说了，据他们宣称，又不是薪水得不到保障：在这点上，真不能理解为什么那么多人会觉得当助理是种损失！然后，他们到底提什么奇怪的需求了呀？只不过是想要一个能帮忙让事情办得快一点的年轻人罢了。理想的人选是一位助理，甚至是一个替身。

对这类小事感到愤慨的人有愧于时代：他们还停留在第一任意大利共和国总统，恩里科·德·尼科拉①的年代，他因拒绝因私倌用总统车而出名。

有一天，有人看见德·尼科拉像一位一般市民一样，在那不勒斯省财政管理处的窗口排队。不用说，消息一在楼里传开，所有财政管理处的领导就都赶忙来到了一楼大厅。"总统先生，请您上楼到我们的办公室坐坐吧，我们任您差遣，请告诉我们您有什么需求！"但德·尼科拉不为所动：他是因为私事来的，他觉得被特殊对待是不恰当的：他想像一个好公民一样，像其他的纳税人一样排队。见劝说无用，主管们开始折磨那些窗口职员，催他们尽可能迅速地办完排在总统前面的人的事务。

说回我们的议员们：圆桌骑士们还有他们自己的仆人呢，为什么人们不想让他们拥有？有人可能会反驳说，亚瑟王的骑士只有十几个，但我们尊敬的议员们可是有六百三十人。有人可能还会假设，一旦当上了"临时助理"，这些新入职的工作者可能就会自以为被提拔到了稳定的编制里，会一直在这个职务上为集体服务，直到退休。不久我们的助理就要比被协助的人还要多了。

我们听说参议员可能会对众议员的提议感到愤慨。不知

① 译者注：恩里科·德·尼科拉（1877—1959），第一任意大利总统，1946 年 7 月 1 日至 1948 年 5 月 12 日在任。

是因为会花费过多，还是因为他们被排除在外了。"那我们是什么？是最傻的人！如果他们有助理，我们也要有！"我们看看这事儿会如何收场。

话说到这儿，我冒昧给两议院提个建议："我的先生们，如果你们要重新编制你们的工作人员，听我一言，把情人也编进去。"你们想一想，这样做没什么大不了，因为可怜的议员不得不离开家一整个星期：妻子远在他方，他又不能离开他奋斗的岗位，而大家都知道，男人又不是木头做的！再说，给952个人①找个情人能花多少钱？我们假设每个情人，像每个助理一样，每月要花上两千欧元，每个任期发一个小珠宝，差不多一年要花上一千万欧元。

对一个年度总预算近七百亿欧元的国家来说，一千万算什么！而作为回报，尊敬的议员会在早晨神清气爽地走进议会，如果他感到身子虚弱，还总会有一位助理帮助他登上台阶。

---

① 译者注：意大利参议院和众议员议员人数共952人，众议院630人，参议院322人。

右和左是什么意思

根据事实情况，有人问我是右派还是左派的时候，我从来都不知道作何回答。我想说"我是工程师"；然后，因为害怕被误解，我尝试问那个跟我对话的人，他说的右和左是什么意思。如果他再跟我反复说那些经常出现的法西斯主义和共产主义的字眼，如果我不想让我自己感到反胃，我就会打断这次辩论，或者开始谈论足球。

"右倾"和"左倾"这两个词语大约诞生于十八世纪末。在那个时代，保守者坐在右边，自由党人坐在左边，然而，在那之前，他们一直更喜欢用高度来区分自己：在低处坐着吉伦特派，高处坐着雅各宾派，他们的外号叫"山派"不是没有原因的。感谢上帝，之后他们改变了位置，幸好他们决定这么做了，不然今天我们就必须得说"高派"贝蒂诺蒂①、"低派"菲尼②了。

但是，撇开法国大革命不谈，我们来试着理解一下"右"

---

① 译者注：福斯托·贝蒂诺蒂（1940—　），意大利左派政治家。
② 译者注：詹弗兰科·菲尼（1952—　），意大利右派政治家。

和"左"在今天意味着（或应该意味着）什么。肯定不是马克思主义、法西斯主义，因为真正的矛盾不再是发生在红派和黑派之间，而是在民主体制和精英体制之间，即是在两种不同的发展模式之间，从本质上来说前一种基于团结精神，而后者基于利己主义。

民主体制，作为不富裕的人的力量，更倾向于福利和救助活动，精英体制则鼓励达成个人的意愿。我们提及的这两种经济模式一旦激进化就有可能使国家破灭。

说完这些，我的愿望是，在今后的政治选举中，摆在我面前的只有两份清单，一份列的是轻微偏向于福利和救助活动的，第二份会更加注重市场；我希望能交替着投票，每四年投一派或另一派，从而不必被指责说是法西斯主义或是共产主义。这两个互相斗争的党派在政治层面上是如此接近，能够将选择的风险降到最低，这样我的选票的正当性就得到了保障。

最理想的是，干脆不用去投票。但是由于这些术语也就是"右"和"左"，并不是问题的重点，也不再是我们曾经所习惯的含义，那么我们就来研究一下"进步主义者"这个词。要是它能有一个可以让人接受的反义词，那它本身的定义还是没问题的。那么进步主义者的反义词是什么呢？或许是退步主义？呃，老实说，我不觉得退步主义对一个政治团体来说是一个讨人喜欢的词，尽管确实是相对应的。我们别忘了，实际上，议会的属性是否优秀正是依据反对派的质量来衡量的，如果议会成员的百分之四十都是退步主义者的话就能感受到这一质量了。因此我们改用更能对应那些政治势力的术语，也许可以用英语中的术语，管我们的政治家们叫工党和保守党，尽管，就象"gentlemen[①]"这个术语一样，至今仍待改进。

[①] 译者注：英语中的"gentlemen"表示绅士，在意大利语中没有完美对应的一个词能表达相同的含义。

祖国和克里同

五十年之后，在说出"祖国"这个词的时候，我们终于可以不必过于羞愧了。事实上，就在几年之前，这个词语还是被严格禁止的："祖国"就意味着"种族"，也就代表"种族主义"，隐藏的含义是"战争"。

要是一个可怜人想在公开场合明确声明对他来说对祖国的爱总归也是一种爱，并不一定是要憎恨其他的民族，也只能是徒劳。如果在那几天不是正在进行世界杯足球赛的话，他会被禁止使用这个词，也就是说，实际上是每四年只有一次。

在其他时候，在政治环境里说"祖国"这个词就麻烦了：你可能会立刻被定义为怀念法西斯制度者，或者更糟，法西斯主义者。甚至《拿布果》①里的合唱部分，里面的唱词是："哦，我的祖国美丽而不幸"，都会引起怀疑。而如今，感谢尊敬的博西②议员和联邦主义，意大利人重新发现了生在同一个国家的自豪感，再说，这也没有多可怕。

---

① 译者注：《拿布果》是由朱塞佩·威尔第作曲的四幕歌剧。
② 译者注：翁贝托·博西（1941—　），意大利北方联盟党终身主席。

　　为了理解类似祖国、法律、国歌、国旗这样的词意味着什么，就需要重新阅读《克里同篇》，柏拉图的对话中最令人精神振奋的一篇。我们在公元前 399 年，苏格拉底被关进了雅典的监狱，等待判决。黎明时克里同来了，他是苏格拉底的老朋友，还非常有钱。

　　"哦，我亲爱的克里同，"苏格拉底问他，"这么一大清早你来做什么？"

　　"我给你带来了一个令人痛苦的消息：从提洛岛开来的船刚刚绕过苏尼翁角，今天，或者最晚明天，他们就会逼你喝下毒药。"

　　"所以呢？"苏格拉底回答说，他比任何时候都要冷静，"从提洛岛开来的船迟早要到，死刑也会随之而来。这就意味着，这是众神的意愿。"

　　"别这么说，哦，苏格拉底，让你最亲爱的朋友们拯救你的生命吧！我刚刚跟狱吏谈好了，今天早上他们会让你逃跑。他们向我保证，在你逃出监狱的时候会假装睡着，再说，他们也没有以此作为交换要很多钱。"

　　"哦，亲爱的克里同，我准备好逃跑了，但在那之前我希望我们深入地讨论一下这个计划。那么我问你：你不会认为如果我违背雅典人的意愿从监狱里逃跑是一件不正确的事吗？"

　　"当然不会。"

　　"但是，我们假设，如果我刚一出监狱就碰到了法律……"

　　"什么法律？"

"雅典的法律。然后那些法律看见我用一件又长又肥的袍子乔装打扮，就会大声问我：'苏格拉底，你要去哪里，怎么穿得如此滑稽？'我该如何回答他？"

"你说你在逃跑，因为这对你来说是一件非常不公正的事。"

"对，但是一件不公正的事情不能使另一件不公正的事情变得公正。而且就算能让它变公正，当我见到这个世界上的法律我该做何反应？难道不是雅典的法律让我的父亲和我的母亲结婚的吗？难道不是因为它，我从小在面对敌人的时候才从不退缩的吗？而现在，你无视我对雅典城的爱，建议我逃跑，也许还要我扮成女人，所有这一切只是为了我能延长几年生命。"

理解《克里同篇》就意味着理解了国家的含义。

人人都有自己的魔鬼

魔鬼真的存在吗？如果存在，是什么样子的？它的外表是像龙，像蛇，还是像大公羊？它有角和尾巴吗？我们应该怎么称呼它？撒旦、路西法还是魔王？说实话，这是一个难以谈论的话题：相信上帝的人不得不相信魔鬼的存在，反之亦然，因此我们并不觉得这有什么可开玩笑的。

我们从名字开始：光是在意大利就有上百种叫法。至于外表，在选择的时候只会感到为难：巴拉卡有三个脑袋，一个是人头，一个是公牛头，还有一个是公羊头；盖因是一只乌鸦；乌科巴克是一只高达两米的大老鼠，手里拿着一种类似于喷火器的东西；佛尔是一只飞鹿，原本的四蹄变成了四只手，并且用沙哑的声音说话。

所有这些名字和描述让我们明白，恶魔确实存在，至少像是"潜意识中的痛苦的存在"。但我们问自己，有没有什么可以摸得着的东西，可以被称作"魔鬼"？我认为我们的灵魂是由三个重量不同的部分构成的：一部分是好的，一部分是坏的，还有一部分由纯粹的意愿构成。所有人类的好的部分构成善，而所有坏的部分构成恶。

我们暂时不认为善就是上帝，恶就是魔鬼；我们最终只能接受这一原则：魔鬼是在上帝之外的存在，这就会带来一些我们没有能力解决的神学含义的问题。因此我们只能满足于注意到"人类灵魂中有两种天性，我们差不多可以称之为善和恶，它们之间不断发生着冲突"这件事。如果谁对此有疑问，那就问问自己每天无意识地犯下了多少大大小小的罪过吧。

关于罪过，要找到对所有人来说都合适的普遍的定义也非易事。就像谈到上帝和魔鬼在不同的民族那里能发现有不同的名字一样，在一个国家和另一个国家、在一种宗教和另一种宗教里都有不同的罪过清单：在巴布亚西亚 ① 是罪过的，在阿拉斯加就已经不是了；在德黑兰喝一小杯威士忌就能直接下地狱，而在奥斯陆 ② 只会带来健康和好感。话说到这儿，就要问问在最后审判那天会不会把出生地也考虑进去了。

总而言之，尽管表面上来看罪过有所不同，但所有的罪过都有共同的地方："伤害别人，在这个别人中也包括自己。"

简单来说，确定魔鬼是否存在，或在它之前上帝是否存在不是很重要，重要的是意识到在我们之中存在一种负面的能量。第一个问题，"魔鬼是否存在"关注的是来世，现在提这种问题也无济于事，或者至少是很难解答的。在合适的时候我们就会意识到回答什么，那时我们再做解答。但是，

---

① 译者注：巴布亚西亚是一个位于南太平洋的地区。

② 译者注：奥斯陆是挪威的首都。

第二个问题，"恶是否存在"则是由日常生活中的道德所决定的。

　　因此，我们把基督教的教导"爱众人，就像爱你自己一样，如此便能去天国"分成两个不同的部分，我们从爱众人开始，这并不是为了去天国的一种手段，而只是一种极其有利的行为。至于天国，我们之后会见到的。同时我们意识到，爱众人，在这尘世间已经是善举了。

　　就像佩内①的小天使和小恶魔一样，善与恶每分钟都在给我们的选择提建议。意愿——人类灵魂的第三个部分，选择一边或另一边。善与恶在每一个人那里都完成着它们自己的义务：它们不代表着上帝和魔鬼（如果它们存在的话），但它们尽自己所能地将我们拉到它们那一边去。

---

① 译者注：雷蒙德·佩内（1908—1999），法国漫画家。

一个微笑的圣母……

在意大利，似乎仅仅在过去的一个世纪里就有过四百座哭泣的圣母像，而没有一座，哪怕一座，是微笑的圣母。

这到底是为什么呢？因为信仰倾向于悲剧，而憎恶喜剧。或者是因为让一座雕像微笑，比让它哭泣困难得多。

这种现象几乎总是会发生在乡间，并且发生在政治不稳定的时期。很明显，圣人们在来世密切注意着我们的报纸和电视新闻报道的政治事件，但由于他们无法直接干预，于是就用他们能做到的方式表达，也就是让他们在尘世的圣母像哭泣。

怀疑者不是不相信人，而是怀疑现实的人，因为对他而言，"相信"与"不相信"是位于同一个情感层面的。科学研究结果的得来方式若是不严谨，就会让信或不信这件事变得无关紧要。某一圣母像的血或泪是否是真实的、雕像后是否隐藏着完整的地道或者其他复杂的机关，对他而言没有丝毫的重要性：探讨这些矛盾都没有意义。

为了证实一个奇迹的发生，发现物就必须跟奇迹一同被提取出来。也就是说，怀疑者会质疑所研究的血液是否真的是雕像所流，并害怕雕像在接受 X 光检查之前的一瞬间会有变化。再说，又怎么能说他是错的呢？任何一个名不见经传的变戏法的都能动这样的手脚。

但是这么推论的话，我连圣雅纳略的神迹也不应该相信。事实上我也并不相信：一共有十一位能化血的圣人，其中十位在那不勒斯，还有一位在附近（据史料记载是圣潘捷列伊蒙），这一点总会让我生出一些疑问。

愚蠢是世界运行的发动机。政治家、销售者、信教者、演艺界人士们无一不是在或多或少地利用人类的愚蠢谋生。

的确，如果广告不是一种集体剽窃的形式，又是什么呢？电视节目的观众基础如果不是大众的低俗品位，又能是什么呢？而政治家们在选举期发表的演讲又有多少是真心的呢？

但为什么这一切不能让雕像微笑，则永远会是一个谜。

不好意思，我可以坐在宇宙的边缘上吗

　　在英国期刊《自然》上，人们读到，爱因斯坦的相对论有可能是错误的。天文学家汤姆·山克斯明确指出，宇宙并不是弯曲而有限的。相反，宇宙确实是持续不断地扩张的，而在它边界的另一边则只有真空。好了，声明一下：我和爱因斯坦并不这么认为。

　　为了搞明白谁有道理，我们来看看迄今为止我们所了解的宇宙是什么。根据大部分研究专员的看法，一百五十亿年前曾出现过一场巨大的爆炸，即众所周知的宇宙大爆炸，这场爆炸之后，宇宙中所存在的所有物质进行扩散，直到它们达到现有的大小。

　　到此为止我们都同意。但是，当爱因斯坦提到"宇宙是弯曲且有限的"这一点的时候就开始显露出了最初的一些疑问。

　　我们一次研究一个形容词，先从"有限"这个词开始。在公元前四世纪，有一位名叫阿尔库塔斯的哲学家说："如果像你们所说的那样，宇宙是有限的，我想象应该有一个我能坐在上面的边界。然后我会问你们：我能伸出一只胳膊吗？如果宇宙是有限的，那该如何理解我的这只胳膊呢？"2400

年过去了，爱因斯坦回答说："亲爱的阿尔库塔斯，我遗憾地告知您，您的胳膊在您到达宇宙的边界时，就会消失。就是这样，因为在宇宙的另一边的不是如您所想的那样是真空，而是虚无，而真空和虚无之间的区别是巨大的。"

实际上，真空比虚无至少多四个维度，确切地来说三个是相对空间的维度，第四个是相对时间的维度。就举例来讲，一间空房间总归是有长、宽和高的，就算里面没有任何东西，总归也是有时间流过的，然而虚无，可怜的家伙，连这也没有：没有维度，也没有时间。它不存在，就完事儿了，就像这个词的意思一样。

一般人会提问说："如果我乘坐火箭，从任意一个方向出发，一直坐到宇宙的边界，我到达那地点的时候要怎么办？我是停下还是继续呢？"

爱因斯坦回答说："到达边界的时候，就什么也干不了了，因为首先人会消失，其次时间会静止。"

所有星系都在朝着宇宙的边界移动。越接近边界，他们的速度就越快。但是，速度每增加一次，就对应着相对的时间的减慢和物质的缩减。由于这个原因，当它达到最大速度（即光速）的时候，时间会停止，物质会消失。

换句话说，时间与速度相对，和速度一起在空间内移动（相对论），速度越快，时间越慢。达到最大速度时，不仅时钟的指针会停止，连时钟也会消失。

而现在我们来到第二个概念，即"弯曲"。宇宙怎么可能是弯曲的呢？爱因斯坦回答说："一个有着非凡视野的人，直视自己的前方，应该能看到自己的后颈。"

在这种情况下，在一个 n 维空间里难以理解的事情，在 n+1 维空间里就立刻变得可以理解了（在这点上阿尔伯特[1] 你得帮帮我，不然我会让读者一头雾水）。

我们假设我们都是只有一个维度的人，我们生活的宇宙也只有一个维度。我们每个人，在这个前提下，都只不过是一个连字符。让卡罗·马加里[2]，因为他矮，所以可能是更短的一个连字符。皮普·保多，因为他高，所以是更长的连字符。然后，我们的宇宙，就仅仅是一条直线。这时保多问马加里："马加里，哎，依你看，宇宙是有限的还是无限的？"

"肯定是无限的。"马加里淡然地回答说，"这是因为，如果它会终结，总归还会有一个延伸部分让它变成无限的。"

"不是这样的，"爱因斯坦（他也是一个连字符）介入说，"你们所谈论的直线，也就是宇宙，它不是直线，而是一条圆周线。如果你们之中的一个人能走完一整圈，就会回到出发点。因此，宇宙不是无限的，而是有限的，它是有限的，正因为它是弯曲的。"

"一条圆周线？"保多惊奇地问，什么是圆周线？而他是有理由这么问的，因为他，仅仅是个一维生物的他，无法

---

[1] 译者注：爱因斯坦的名字。

[2] 译者注：让卡罗·马加里（1947—　），意大利电视节目主持人、演员。

理解像圆周线这样的二维图像。

　　同样的事情如果我们是二维的、生活在一个平面上的时候也会发生。在这种情况下平面上不可能的"弯曲"和"有限"就变成了在三维上可能的事实，即球面。

　　因此随后，以此类推，我们应该可以想象一个四维（三个原本的维度，加上时间维度）的形象，那样就能够理解一个弯曲而有限的宇宙了。

　　这很难，我知道：我们是三维生物，我们根本没法想象出一个四维的空间。我们最多能说："如果爱因斯坦这么说了，那他说什么，我们就信什么。"

牛奶咖啡和熵

从消息灵通的人那里，我得知了当上帝将亚当和夏娃从伊甸园驱逐出去的时候不仅说过："男人，你将挥汗工作，而女人，你分娩时将会痛苦"，还加上了一句："你们两个都会受到热力学第二定律，也就是熵的迫害。"

定律如下："每当自然界的物质转化成能量的时候，这份能量很大的一部分不能再被使用，并会提升环境中已经存在的混乱。所产生的混乱的量度叫作熵。"我们立刻就举个例子：当我们把石油转化成动能，好让我的表兄弟能从米兰到蒙法尔科内的时候，这份能量的大部分以二氧化碳的形式丧失，去污染空气了。但是，如果我们提到的只是我表兄弟，还能容忍，麻烦的是每天想从米兰到蒙法尔科内的人很多。

人类为了提升自己的生活水平，发明出了汽车、飞机、冰箱和所有那些在他看来能让他的世界更舒适、更有秩序的东西。然而与这些发明中的每一个相关联的混乱都比它所产生的秩序要多。如果一开始没有人注意到这一点，那是因为混乱总是被输出到其他国家（见 Karin B 事件[①]），或是大气层的其他区域（见臭氧空洞），或是被直接推后给将来的时代（见放射性残渣）。

"根据熵增定律，"物理学家弗朗西斯科·格里安蒂对我说，"自然界的每一个系统都自发地从一个更有序的状态演化到一个更混乱的状态。我给您举两个例子：（1）如果您把一杯滚烫的茶水放在桌子上离开一个小时之后回来，您会发现茶已经凉了，因为它自发地将自己的热量转移给了环境。（2）如果您往一个茶杯里倒进一些咖啡和一些牛奶，这两种液体的微粒不会保持分离的状态，一些微粒对着另一些微粒，就像分庭抗礼的两支军队一样，而是会自发地混合，直到形成牛奶咖啡。"

"那这与熵又有什么关系呢？"

"有关系，因为在这两个例子中熵值都会增加。"

总之，如果我对事情的理解正确的话，我们的世界自发地倾向于认可自己变成更加统一的集体。每当一种物质粉碎的时候，最终将会与其他物质混合在一起，直至形成一种无法形容的混合物。世界不是从混沌中诞生的，而是向混沌而生的。就好像一天早上，我把我的衣柜整理得井然有序再离开，而晚上回来的时候发现袜子混在领带里，内衣夹在外套里，等等。

---

① 译者注：Karin B 是一艘运输有毒废弃物的船，曾于 1988 年停靠意大利港口城市里窦那，船内人员有中毒症状。

事实上，按照热力学第二定律，混乱是不可逆的：它可以增加，但永远无法减少。

这样说来，我们从现在就可以想象世界的终点会是什么样子了：宇宙会变成唯一的、巨大的、统一的卡布奇诺，空间中的一点与零一点之间再也不存在任何差别（没有温度差、能量差或其他差别），连一个移动的动因也不会有。在那个瞬间，由于不再有运动，尽管巴门尼德和他的追随者不乐意，连生命也将不复存在。怎么做能让世界末日推后呢？物理学家们说，应尽可能少运动，而印度的大师们早已明白了这一点。

一切都倾向于统一化，不仅是物质，还有交流、穿着方式以及思想。之前贾尼·瓦蒂莫①写了一篇文章，并在其中将在艾米利亚大区做成的意大利馄饨与在普利亚大区做成的意大利馄饨味道相同这件事归咎于奶油。

时间过得越久，人类之间的区别就越小：方言消失了，意大利语留下了；其他语言（包括意大利语）消失了，英语留下了。消费主义是二十世纪真正的像熵一样的威胁，它在那些广告商们的帮助下，阻碍着我们逃出趋之若鹜的人群。

"必须去看迈克尔·杰克逊。"一个漂亮女孩儿对一个小伙子说。

"为什么？"他问。

"因为大家都去看。"她回答说。

---

① 译者注：贾尼·瓦蒂莫（1936——　），意大利哲学家、政治家。

鉴于有同化的危险，每个人比起追求博士头衔，更应该尽力去至少争得"超群的（即在群体之外）"的称谓，尽量用自己的大脑去思考，最大限度地照顾到传统。

大部分美国人相信人类正朝着更美好的情况前进，那只是因为他们没有意识到，在地球的一部分地方实现的秩序是以在世界所有其他地方播种下的混乱为代价得来的。

再说，当那些进步的卫士们向我们炫耀他们的成功的指数：平均寿命的延长、儿童死亡率真的下降、被击退的疫情等的时候，怎么能不赞同他们呢？在意大利，一个世纪以前，我爸爸出生的时候，传播最广泛的病是肺结核，或是饥饿，但我们依然有近两千万居民。

我们今天能让五千八百万人坐在餐桌上，享受高水平的生活是谁的功劳？是进步，是化学肥料，是储存食物的电冰箱，以及将食物运输到全意大利上下的国际货运火车。

但先前的论断呢？熵呢？混乱呢？热力学第二定律呢？一如既往，正确的回答是佩利安德给出的："适度即为善，而找到适度则是你们的任务。"

苏格拉底与露宿街头者

安提西尼：哦，苏格拉底，文明不断提出它的规矩，让我透不过气来。它威胁要夺去我的一切自由：它不想让我在夏天裸着上半身闲逛，阻止我晚上席地而卧，而所有人都知道我是发明睡袋的人，我是第一个把披风对折，好让自己能睡在里面的人。哦，可恨的城市呀，你如何还能夸口说自己是自由之人的故乡！

苏格拉底：亲爱的安提西尼，我认为你的自由的概念过于宽泛了。你本应明白，你的自由的终结便是我的自由的开始。而你并不仅仅是对折了披风，还对折了你的生存空间。今天我们在此参与的是美与丑之争。

安提西尼：那么谁会是丑呢？可能是我吗？是和年轻人的想法完全不同的我吗？你说的丑，难道是指那些年轻人，那些明天的希望吗？

苏格拉底：没错，如果这"希望"不洗澡的话。

安提西尼：要知道，哲学家们就从来不洗澡……

苏格拉底：但他们曾经是少部分人，他们有特权，而年轻人非常多。他们要求得到"星辰的权利"，而他们真正的问题在于"厕所权"。如果三四千个年轻人在里米尼的沙滩入口处，或是在威尼斯火车站的广场上露宿，你认为他们会去哪里拉屎？

安提西尼：但这关你什么事？他们可以在车站的厕所应付一下，或是一大旦起，没有人看见他们的时候去沙滩解决。

苏格拉底：然后我设想他们会想洗澡，或者说至少我希望如此！他们会想洗个热水澡，用坐浴盆或类似的东西。

安提西尼：哦，苏格拉底呀，你这么推论就像是个资产阶级分子。年轻人想要在星辰之下睡觉正是由于与生俱来的对自由的需求，为了从一个由规则和礼节所构成的压迫的文明的条条框框中走出去。年轻人想随便在任何地方睡觉，在可以洗澡的时候洗澡，想只向那些感觉最有人情味儿的人们请求留宿。重要的是他们能够在一起生活，跟其他那些像他们一样思考的人如兄弟般往来，在一方或另一方需要帮助的时候做好准备伸出援手。不再去没有人打招呼的旅馆，那里的瓶装矿泉水上还带着你的房间号，以防其他人偷喝。

苏格拉底：那么，如果我理解对了的话，露宿街头者的存在不是由于贫匮或者昂贵的旅馆，而是因为想要过一种不同的人生的愿望？

安提西尼：哦，苏格拉底，正是如此。

苏格拉底：这一点，我向你坦白，在一开始的时候我没有明白。我原本很惊讶：我想，在罗马尼亚大区有几十欧元一天的旅店、完备的膳宿公寓，到底为什么会有人更愿意露天睡觉，或许就为了能在帕尼尼面包和迪厅上花同样的钱呢？不，我对自己说，这之中肯定还会有另一个原因，而现在你为我做出了解释。

安提西尼：那么，如果你同意的话，你为什么想阻止成百上千的孩子们过他们的生活呢？

苏格拉底：因为不洗澡、穿着泳衣赶路、用路边或海边的公共厕所会让风景变得丑陋，而与此同时，他们还妄想就在美丽所在的地方露宿。他们选择威尼斯、佛罗伦萨、罗马、卡普里和其他那些美丽常栖身的地方。

安提西尼：你难道想让他们去参观塞斯托—圣乔瓦尼和奇尼塞洛巴尔萨莫^①吗？

苏格拉底：不是：我也认为他们应该去最美丽的城市，参观宏伟的博物馆。但是我想要避免的是有一天丑陋会占美丽的上风。

安提西尼：那你有什么建议？

苏格拉底：我提议每座城市应该准备建造大型的更衣广场，配备淋浴和卫生服务。不是建在围墙里的、昂贵而令人难以接受的青年旅舍，而是更广阔的空间，在这里，露宿街头者们那公路旅行的生活魅力完好无损，而我想他们也会喜欢这种设施，因为它给年轻人提供了互相认识的机会。

---

① 译者注：塞斯托—圣乔瓦尼和奇尼塞洛巴尔萨莫都是意大利米兰附近的工业城市。

安提西尼：那你想让年轻人每停留一天付多少钱？

苏格拉底：绝对不要他们付钱。我会平等地接待他们，而鉴于他们如此热爱道路，我会请求他们每天早上任意选择一个城市，花几个小时，清理它的道路；我会让他们组队工作，以便他们互相了解。实际上我会把他们加入道路清洁的补充部队里。谁知道有一天丑会不会变成美，美变得更美呢！

申请延期……

在意大利，没有房子是一个持久不变的生活状况：陷入这种状况的人，无论是因为地震摧毁了他的住所也好，还是因为拖欠还款而被法官判决流落街头也好，都不会有任何出路，而这是因为意大利这个国家没有能力解决单独个体的问题，只能解决那些与伟大事业相关的问题，或者说是那些能保证地方政要资金持续运转的项目。

早在1973年我就明白了这个道理，当时我在做的工作是把我们的众议院颁布的法律录入电脑。

那时，我在IBM工作，技术对接方正是贝尼亚米诺·普拉西多①，当时他还不是评判电视主持人的评论家，但已经是毫不留情地批评我们的政府官员的作为的批评家了。

在我看到过的诸多提出的法律提案之中，我曾偶然看到过一件特别滑稽的，但同时也特别典型的提案，以至从那时起我就认为必须搞到一份它的复印件。

---

① 译者注：贝尼亚米诺·普拉西多（1929—2010），意大利记者、作家、电视评论家。

这项法律提案是由那位尊敬的波瓦议员[①]为与他同名的波瓦 – 玛丽娜市提出的（注明的日期为 1973 年 10 月 4 日，登记编号为 2364）。由于文本本身易于理解，因此没有必要做什么评论。我试着引用最重要的片段：

尊敬的同事们，波瓦 – 玛丽娜市扩建规划在 1908 年 12 月 28 日的地震过后已于 1925 年 2 月 26 日经法令批准。现有市镇规划是于 1935 年 4 月 4 日的法令批准的。遂完成第一次工费清算。随后 1940 年至 1945 年发生了战争。由于 1962 年 2 月的法律，执行日期被延至 1966 年 4 月 15 日。

市镇规划无法实施的原因是缺乏资金，以及无法为五个住在待拆迁的旧房里的家庭提供住处。为此公共建设部拨款进行第二次工费清算共计两亿里拉，委托雷焦卡拉布里亚土木工程兵部队进行规划和实施。

随后该项目由卡坦扎罗省级公共建设部门特别委员会在 1971 年 11 月 19 日的会议上的第 721 号决议通过。由于决定 1962 年 8 月 25 日和 1967 年 8 月法令中的延期的情况依然存在，现旧住所已因近期的洪水彻底坍塌，总计两亿里拉被挪用，因而在此申请将计划的实施延期到 1975 年 12 月 31 日……

① 译者注：朱塞佩·波瓦（1943—　），意大利政客。

感谢但丁？不，感谢皮普

我的父亲在 1915 年至 1918 年的战争期间曾任口译员，但不是像人们想象的那样，在意大利人和奥地利人之间翻译，而是在意大利人和意大利人之间做翻译。当身为威内托人的中尉需要听一个是西西里人的二等兵或一个是那不勒斯人的下士报告的时候，就会派人叫我父亲过来，让他逐字逐句地翻译。

说实在的，意大利语直到二十世纪五十年代才诞生，事实上是和彩色电视同时诞生的。将一门国语赠予我们的不是但丁，而是皮普·保多。但我们更想知道：一门像拉丁语一样美丽而简练的语言是如何过渡到像意大利语这样无疑是更低一等的交流工具的？这是在日子更替的一瞬间突然发生的，还是说过渡的过程是渐进的，今天一个词，明天一个词，后天再一个词，这样一天一天地发生的？而外国人的统治对这一变化又有多少影响？

是这样没错，因为众所周知，几个世纪以来意大利几乎被所有民族入侵过，匈奴人、哥特人、东哥特人、诺曼人、施瓦本人、安茹人，想列多少有多少。比如，在那不勒斯就有数不清的方言是来自法语和西班牙语的。所有以辅音结尾的单词的重音都落在最后一个音节上。因此我们有索菲亚·罗兰①、特旦亚农比萨店和阿坦公共运输公司：所有重音都在最后一个元音上，除了卡武尔②。

我们就更不用说那些经常出现的不尊重拉丁语的情况了：狄安娜，在得到相反的论证之前一直是罗马女神、处女和狩猎的保护者。称她为"达雅娜"是可怜的狄安娜不应得的、无端的羞辱。大家都把"大众传媒③"一词读成"mass midia"也是一样的事情。好了，我们就把事情一次说清楚吧：该死的，"media"要念 media 而不是 midia！它是 medium 的复数，而这个词在得到相反的论证之前一直是个拉丁单词。把"微软④"读成"Maicrosoft"也是一样的情况。在得到相反的论证之前，mikró 是希腊语的形容词，意思是"小的，细小的，非常小的"。既然如此，为什么不尊重词源呢？

我们战败了没关系，但如果可能的话，至少每个人在读单词的时候都要尊重它的来源地，不然的话我从今天开始，

---

① 译者注：索菲亚·罗兰（1934—　），意大利国宝级女演员，曾凭《烽火母女泪》获奥斯卡和戛纳双料影后，代表作还有《意大利式结婚》。

② 译者注：卡武尔是意大利皮埃蒙特大区的一个镇。

③ 译者注：大众传媒（mass media）。

④ 译者注：微软（Microsoft），美国电脑科技公司。

就要把"华盛顿①"读成"Vasington",把"莎士比亚②"读
成"Sachespeare"了。

---

① 译者注：华盛顿，美国首都。

② 译者注：威廉·莎士比亚（1564—1616），英国文艺复兴时期剧作家、
诗人。

电视、千层酥和朗姆酒糕

我非常相信教育类电视节目，但我也相信，首先应该被教育的正是那些领导们；近几年来收视率不断下降：因此，我们应该先教育领导，再教育民众。

为什么我认为将电视用作教育工具十分重要呢？意大利最严重的问题之一是犯罪行为。如果你们好好想想，就会明白犯罪只能被两种方法所击败。第一种是极端的独裁制度，能把犯罪嫌疑人不经过多重考虑就驱逐出境、驱逐到岛屿上、判处死刑。但我们不愿意要这种东西，而感谢上帝，或许我们连怎么做都不知道。

另一条路是让有文化的意大利人变得多一点；因为一个人在变得有文化之后立刻就能明白他去当罪犯很不值得，因为罪犯过的生活令人害怕，他过的是充满邪恶的生活，不得不时刻保持警惕以防被别人谋杀等，但为了明白这一点，需要变得有文化。

我们能做什么？我们能把五千八百万意大利人都带进学校里去吗？我觉得很困难。

那么我们就应该搬出电视机，把它带到所有意大利人的家里去，好让所有意大利人都能学习。

我所指的学习显然不是学校科目，而是最基本的知识。为了与人见面，我总是试图给知识穿上讽刺的外衣。我的神话学课程（我冒昧叫作"课程"）就是这样的。

我讲神话学就像是给小孩子们讲童话一样，并且我收到了很好的反馈，从数以百计的探索神话学奥秘的人那里收到了来信。

然而，可惜的是，仍需要寻找能做这种事情的空间。除了学校教育司①的一些节目和皮耶罗·安杰拉②做的一些节目，电视上就很少或没有做出什么有教育意义的东西。

我非常担心，因为曾经只需看电视就能知道是星期几：如果是周一会放电影，而如果一个人看到问答节目，他就会说是周四，意味着会有迈克·邦焦尼奥③出场，电视表演在周六。再比如，周五会播出电视剧。电视剧的结局是什么？结局是生活的堕落。

为什么在收视率方面没法跟别的节目竞争呢？

总是给予观众们低品位的节目，文化就会消失。当我还是小男孩儿的时候，我不愿意吃肉，但我父亲说，肉很重要，

---

① 译者注：学校教育司是意大利国家电视台于1975年设立的部门，致力于教育民众。
② 译者注：皮耶罗·安杰拉（1928—　　），意大利电视节目主持人、作家。
③ 译者注：迈克·邦焦尼奥（1924—2009），意大利裔美国人、电视节目主持人。

蛋白质很重要，不吃肉就没法儿长大。而我说："爸爸，等我长大了我要只吃甜点：头盘来一块美味的苹果蛋糕，第二盘我想吃千层酥和朗姆酒糕，然后我会吃点巧克力。"

但我父亲说的是有道理的。那么，我们今天给人们看的是什么电视节目呢？我们上的头盘是苹果蛋糕，然后是巧克力，然后是千层酥和朗姆酒蛋糕。

电视女神的意大利

如果现在还存在众神，我是说，异教的众神，那我们肯定会有一位电视女神和一位报刊女神。她们是两种有着本质不同的存在：第一位或多或少像维纳斯，有点像妓女，且肯定是半文盲。而第二位则像密涅瓦：有些出类拔萃，且自命不凡。两位都很美丽，但实际上，她们互为死对头。

事实是存在着两个意大利，两个之间完全不同：一个是电视观众的，一个是报刊读者的。第一个是由四千多万平均受教育水平接近义务教育的人组成的；第二个由不超过一千万（乐观来看）阅读、了解并讨论政治的人组成。第一个是中右派，第二个是中左派。

不管人们喜不喜欢，事情就是这样，更准确地说，调查统计的结果就是这样。政党都非常清楚这一点，也是由于这个原因他们像发了疯一样向中派靠近。所有人都为了显得自己比意大利社会运动党人更自由，比共产党人更自由，比自由党人更自由。中派的位置，都是站票。

但是，令人惊讶的是角色的颠倒。两个世纪以前，在法国大革命的年代，左派全部站在人民一边，右派全部站在贵族一边。现在只要去街上看看就能意识到这种翻转：出租车司机、店主、人民群众一致坚定地站在菲尼①和贝卢斯科尼②的一边。看看巴加伊诺③和《非常唐老鸭》节目④就不会有什么疑问了。然而在上流社会的沙龙里，文化沙龙、精英沙龙里都是左派当道。如果你想在电影、阅读或表演一类的领域出人头地，你就应该看起来像个进步人士，不然你就没救了：你会连一篇影评都弄不到。

我有一些有着根深蒂固的消费主义倾向和崇拜美国倾向的朋友，他们纯粹是为了方便戴上了弗里吉亚帽⑤。如今，如果只是让读日报的读者投票，左派就没有对手了：票数绝对会占多数。无论如何，我建议贝蒂诺蒂⑥修改国歌："精英们，向前进，战斗吧，红旗飘，红旗飘。"

---

① 译者注：詹弗兰科·菲尼（1952—　　），意大利右翼政治家。
② 译者注：西尔维奥·贝卢斯科尼（1936—　　），意大利右翼政治家，曾数次出任意大利总理。
③ 译者注：巴加伊诺是始建于1965年的一家意大利影视公司。
④ 译者注：《非常唐老鸭》是于1990年开始播出的一档意大利喜剧电视节目。
⑤ 译者注：弗里吉亚帽，红色锥形高帽，尖顶向前倾折，法国大革命时把它作为自由的象征。
⑥ 译者注：福斯托·贝蒂诺蒂（1940—　　），意大利左翼政治家。

日历：从教皇格列高利十三世①到萨布丽娜·菲利里

我从小有个朋友，叫卡尔莱托·卡珀内，他的生日正好是2月29日。对他来说这个生日是个小小的悲剧。确实，每四年中有三次，他会失去生日礼物。他的朋友们不叫他"卡尔莱托"，而是叫他"闰年"，这让他更为生气。卡珀内设法跟他的家人达成了一致意见：他在2月28日半夜准时过生日，后一天就是3月1日也就忍着吧。但现在，我们问问自己，为什么闰年会被发明出来？日历的需求是放高利贷者首先感受到的。古巴比伦人、古埃及人和古罗马人基于月相和季节变化，成功地建立了一种账目期满登记本，以此为基础收取利息。至此有了年、月、日、小时的时间划分。

显然，每个民族都根据自己的使用需求创造了各自的日历：阿兹台克人②的一年由18个月组成，每月20天，而印度

---

① 译者注：教皇格列高利十三世（1502—1585），1572年当选罗马主教，1582年改革历法，形成今日的公历。

② 译者注：阿兹台克人即墨西哥印第安人。

人区分阳历月和阴历月：阳历 29 天，阴历 30 天。在我们这里，第一个试图整理一下历法的是努马·庞皮里乌斯① 国王，他开始把由 30 天构成的月份和由 31 天构成的月份区分开来，最后给出的全年时长为 355 天。就这样，我们的祖先们每年都会少过 10 天，在一个美丽早晨，他们意识到，正值八月，天却已经开始凉了。于是，尤利乌斯·恺撒召来了一位名叫索西杰内的希腊天文学家，对他说："索西，你看看能怎么办。"索西杰内把当年定为"混乱的最后一年②"之后，立刻就把历年改为 365 天，并重新为其命名为：尤利乌斯历。

但是，问题还没有解决。没错，因为阳历的"准确"时长不是 365 天，而是 365.242 天。而正是那该死的 0.242 让我们的日子变得难过的。事实上，为了修正它，每四年我们不得不加上一天，这就是闰年的来源。做出弥补的是教皇格列高利十三世，他召集了一个由两位数学家和一位医生组成的专家小组：他们具体是克里斯托佛·克拉维③、伊尼亚齐奥④ 神父和阿洛伊修斯·里利乌斯⑤。他们发明了所谓的格列高利

---

① 译者注：努马·庞皮里乌斯（前 753—前 673），古罗马王政时期的第二任国王。

② 译者注：原文为拉丁语。

③ 译者注：克里斯托佛·克拉维（1538—1612），意大利天主教耶稣会士，数学家、天文学家。

④ 译者注：伊尼亚齐奥 丹蒂（1536—1586），意大利数学家、地理学家。

⑤ 译者注：阿洛伊修斯·里利乌斯（1510—1576），意大利医生、天文学家。

历，也是我们至今还在使用的历法。为了改正过去犯下的错误，人们慎重考量后跳过了整整十天，就这样，在1582年，我们的先人直接从10月4日过到了10月15日。但仍有11分钟45秒需要解决。别害怕，阿洛伊修斯·里利乌斯说，我们设定，从今天起整百年不是闰年，但只要能被400整除就是闰年，比如2000年就正好是这样的情况。总而言之，极其复杂。

但幸运的是，至今还没人禁止印刷印有萨布丽娜·菲利里裸照的日历。

爱简扼

　　我是个过时的人：我爱拉丁语而恨英语。对我而言，拉丁语不是已死的语言，而是不死的语言。但我的孩子们，不知为何，如果不在一句话里至少插进去几个英语单词，或更准确地说是美语仵词，就没法说完一个句子。可能是全球化、互联网，或是流行歌曲的过错，但可以确定的是在 2000 年如果你不说英语你就 out 了，就是说你"过时了"。

　　一天，一个女孩子直接问我"occhei"用英语怎么说，我回答她说，跟意大利语的发音一样，写作"okay"。两千年之前的时光真是美好，那时为了获得尊重必须首先是罗马公民①！为什么我这么喜欢拉丁语呢？因为它很简练。因为它直达问题的中心。换句话说，我喜爱简扼②。

　　我们拿塔西佗来举例，他说"德国人构而信③"。用三个词就能表达用意大利语至少要用八个词才能表达的概念。诸如"德国人虚构一些事情，最后会相信它们是真的"一样的句子，他总结说："构而信。④"绝妙！

---

①②③④　译者注：原文为拉丁语。

如果你们手里正好有一本塔西佗的书，旁边有翻译，帮我个忙：量量拉丁文部分的长度，随后量意大利文部分的长度。最差的情况，你们会发现拉丁文的页数是意大利文页数的百分之六十。

留在我灵魂中的其他拉丁语句子有："止嬉寻肃 ①"，就是说"我们别开玩笑了，开始谈严肃的事情吧"；或"驴看驴美，猪看猪美 ②"，意思是"驴觉得驴漂亮，猪觉得猪漂亮"。我可以再继续引用十页这样的句子："西塞罗为己屋 ③" "亲口所述 ④" "宁多勿少 ⑤"和"已做改动 ⑥"，这句话不是劝人们

---

①② 译者注：原文为拉丁语。

③ 译者注：西塞罗为己屋：该拉丁习语源自古罗马雄辩家马尔库斯·图利乌斯·西塞罗（前106—前43）回到罗马发现自己的房子被改建成了神庙后，为要回房子而发表的一篇演说。现代用此习语表达官员使用职务便利为自己谋利。

④ 译者注：亲口所述：该拉丁习语始见于西塞罗著作《论诸神的本性》，他带有讽刺批评意味地提起毕达哥拉斯的追随者们在引述他们的权威，也就是毕达哥拉斯所说的话时会说是他"亲口所述"。现代用此习语表达"某权威亲口所说"，带有讽刺意味。

⑤ 译者注：原文为拉丁语。

⑥ 译者注：已做改动：该拉丁习语的使用可追溯至中世纪，意思为"已做完应做的改动或变更"，或"一旦做出必要的改动之后"。现代此习语仍用于逻辑、法律等方面，表达"已完成必要的变更"。

换内裤 ①，而是劝告我们，改动那些为了大家越早改动越好的东西。

---

① 译者注：换（mutate）和内裤（mutande）的意大利语表达与"已做改动"形似。

动身是件蠢事

感谢上帝，我在罗马，为什么我得去别处度假？我在同一栋楼里又买了一间公寓，冬天的时候我在那儿住，离古罗马广场遗址很近，这样一来，在夏天我只要往楼上搬两层就可以了，那儿还有空调。当我还在 IBM 当工程师的时候，当我还不是今天的卢西亚诺·德·克雷申佐的时候，我不写书也不拍电影，那时我确实会动身出游。我曾是个海滨狂热爱好者。我曾有段像犯罪分子一样的过去，但没有人知道这件事：我曾有一辆摩托汽艇，我沿着阿马尔菲海岸从头开到尾，四处散播噪声和恐慌。而现在，我把自己定义为一个后悔去海边的人。

现在确实一切都不同了，就算有人胁迫我，我也不会踏入海里一步。之前，由于工作原因（一种廉价劳动：参与电视转播挣钱）我不得不去阿马尔菲。我忘记了这一点：在我决定把鼻子伸出家门的时候，就已经不能回头地参与同其他上百万有着同样想法的人的竞争之中。就这样我走上了通往波西塔诺的折磨人的道路，加入了连绵不断的车队，其中还有几十辆已经变成一种移动住所的公交车。每个转弯处公交车都要停下，然后对面的车也停下。一辆车向前，然后另一辆车再向前。是种真正的华尔兹舞。所有这些都发生在炎炎烈日之下。总之，从波西塔诺到阿马尔菲我花了一个多小时。

动身是件蠢事：夏天天气热，而人们朝着太阳跑，冬天天气冷，他们又去有雪的地方，就是荒谬。九月动身？别提了：那段时间有威尼斯电影节，十月有法兰克福书展，我去看我的书的情况如何。之前我是错的，现在，我重申，我是一个后悔去海边的人。

我夏天在城市寓所里是什么样的？首先，没有电话，没有电视，也没有内部电话。但是有空调。好了，我早上五点半起床，喝一杯牛奶咖啡，一杯橙汁，吃两片菲律宾女孩儿送到床前的烤面包片。六点我就已经在卡武尔街的报亭了，我先跟报亭经销人聊两句天，然后跟环卫工聊天，每天早上的工人都是不变的那些人。聊天内容？聊罗马、那不勒斯和拉齐奥大区。在我的这种早上的朝圣过程中，我发现，在六点和七点之间的人们会更热情，因为白天的到来永远都是让人乐观的原因。伊壁鸠鲁曾说，"每个白天的太阳都是新生的"。七点，我在早餐吧再喝一杯咖啡，然后回家读读报，或是用银卡[①]（我是老年人，不花钱）前往古罗马广场遗址。至少在那儿没人管我要签名，我可以清净地阅读。德国人还不认识我。

每天早晨我读四份报纸，然后去办公室。就算没灵感也

[①] 译者注：意大利火车公司推出的针对75岁以上老人免费乘坐火车的卡。

去？是的，当我没有想法的时候就会关上灯，把自己浸没在浴缸里几秒钟。我可以把我自己定义为世界上最干净的作家。晚上我和朋友外出。像所有单身汉一样，我非常重视友谊，我抱着热爱与所有朋友交往。

如果之后我想游览一番，罗马能为我提供无数的机会。我提议这条路线（也是因为教堂里很凉快）：圣安德肋圣殿、圣依华堂（那里有美到令人屏息的庭院），然后是在文艺复兴大街尽头的教堂（我想不起来名字了），那里有卡拉瓦乔[①]的画作——《朝圣者的圣母》。这幅画是受一位贵族委托所作，但他后来拒绝接受，因为画家所画的朝圣者的脚是脏的。

总之，我要向那些正登船前往马尔代夫的人发出悲伤的呼吁：该死的，你们去那儿干吗，岛屿都是一样的，全是沙子，五百米长的海岸，然后有几十棵棕榈树……我说该死的，如果你们没先看过《朝圣者的圣母》或米开朗琪罗的《摩西像》，你们去那儿干吗？罗马是世界上最美的城市，到哪儿都是能参观的东西。最后，我的建议如下：在所有机场设立一个考试委员会。考试官会问："您去参观过罗马了吗？没有，那请您回罗马去，别动身离开。"

---

① 译者注：米开朗琪罗·梅里西·达·卡拉瓦乔（1517—1610），意大利画家，代表作品有《圣乌尔苏拉殉难》《圣马太蒙召》《施洗约翰》等。

我的噩梦

我要给你们讲一个梦，不，不如说是个噩梦。

我不再是作家、导演、公众人物了……我又成了 IBM 的工程师，没留胡子，那是在早上，我刚刚醒来。看着床头柜上的钟表，我意识到已经 8：15 了，太迟了，九点我有一个分公司的会议，而且我还要洗澡、刮胡子、做早饭、穿衣服、取车，最后要到契拉斯路。

我在 9：25 进了办公室。算算时间，那些该死的家伙们至少已经开始十五分钟了。我把外套扔到距离入口处三米的一张小扶手椅上，然后快步走向会议厅。我忠诚的秘书奥里利亚小姐殷勤地跟着我穿过走廊，为了告知我她之前已经主动告知了马利安尼工程师，说我那天早上有点发烧。

他站在投影仪旁边，正在展示新的 DCS① 销售运动：看着他如此冷漠、平静，会让人觉得他都没注意到我迟到了；而老早就认识他了的我知道，他气得脸都黑了，而且正在想着，

---

① 译者注：DCS（distributed control system），全称为分散式控制系统，是工厂或是制程中使用的电脑化控制系统。

当我在他的办公室里跟他面对面的时候要跟我说什么。事实上，在微不可察的一瞬间，他放慢了他的讲话，用一声咳嗽来掩饰停顿。

我坐在佩佩·因佩里亚里旁边。

"年终的活动将会促进 DCS 在本土的销售，"与此同时马利安尼说，"每个推销员都有一项与他的硬件份额成比例的任务……"

我试着去注意倾听，但我无法再集中精力了：由于我刚刚为了赶着去上班而不得不中断了的那个十分美妙的梦还在我眼前……

"你知道我这个晚上梦到了什么吗？"我对佩佩·因佩里亚里低声说。

"之后再说，之后再说，现在让我听讲。"他回答说，并示意我安静。

我梦到了所有那些十年后会发生在我身上的事：《贝拉维斯塔如是说》在出版发行上的成功，电视相关经历，导演电影，等等。马利安尼工程师一走出会议厅，我就占了他的位置，给我的同事们讲每一件事。

"我在路上被行人们认出来……他们管我要签名。"

"那你给他们签吗？"因佩里亚里问我。

"我当然给他们签了：我变得很受欢迎也要感谢电视。"

"依我看，这个梦站不住脚。"乔瓦尼·莫里尼驳斥说，"你怎么能就因为一本只是讲那不勒斯的书而在意大利出名呢？"

"在意大利？"我反驳说，"你要说在全世界：没错，因为我，亲爱的莫里尼，在梦里，我排在德国畅销书排名的前几位，而且我把书卖到了西班牙、瑞典、美国、澳大利亚、日本……"

"是，现在你都卖到日本了！"他讥笑着大喊道，"你还想象着有日本人会看贝拉维斯塔教授的奇遇呀！"

"正是如此：我在日本也卖书。在梦里，我的书被翻译成十五种语言，并在三十五个国家出版。"

"他们给你颁发诺贝尔奖了没有？"他笑着问我。

"没有，但还没到最后，说不准。"我从容地说，然后我明确道，"这也是因为我的梦是反复进行的，永远不会结束。谁告诉你说，在今后的一个晚上，在梦里，你不会燃起像我一样的奢望？这奢望如此强烈，让我付出了代价：我还来不及闭上双眼，就已经开始做梦了……"

"你还当了导演？"

"是的，而且我成了很多非常漂亮的女演员的亲密朋友！"

"我的老天！"佩佩·因佩里亚里喊道，"现在女演员们变得跟你很亲密了！"

"正是如此：很亲密很亲密……我出于慎重考虑，这个时候我不想说名字，但……"

"你知道在那不勒斯人们怎么说吗？"卡罗·马佐卡打断我说。

"……"

"'老太婆想什么梦什么。'老女人会梦到所有她想要的，你就是这样。"

"你也认识费里尼吗？"莫里尼问我。

"我当然认识他。"

"他向你打招呼吗？"

"为什么他不该向我打招呼？不，你听我说：依我看，他还很喜欢我。就是他对德国人说：'你们出版德·克雷申佐的《希腊哲学》吧。'"

"哎哟，在梦里你还出版了哲学书？"

"说实话，还不止一本。"

"你懂什么哲学？"

好吧，你们得相信我：我的噩梦是如此真实的一个梦，以至我真的没法再搞清楚我何时是在做梦，何时是清醒的了：作家，工程师，作家，工程师，作家，工程师，一会儿我是这个，一会儿又是另一个……

人类的历史？与比萨一同诞生

　　我总是问自己，历史在哪一年诞生？或者，更确切地说，我们在哪个世纪从史前过渡到了历史？好了，据我所知，所有都是从比萨开始的。在史前，人们还是在森林里徘徊，寻找食物，而当他们意识到连一只可杀的动物都没有了的时候就换一片森林。他们一直是这么做的，直到他们发现，在一个地方播撒下谷物，一段时间之后，在同一个地方会长出可以食用的植物。什么食物？比萨，或是类似的什么东西。

　　于是，从那天起，人类结束了迁徙的生活，开始定居。在这之后，在这和新的条件下，人类建造起了第一批村庄，第一次的右翼和第一批坟墓。随着坟墓也诞生了第一批墓葬艺术的例子。但是，作为文化和文明进步的历史有另一个开端：它于公元前五世纪左右诞生于希腊和意大利南部，也就是大希腊。那是在一个非常美的晴天，古希腊人认为应该到广场上享受这个好天气。而当他们到达城市主广场中央时就开始互相谈话，就这样引起了所谓的"创造力的回响"，也就是一种现象，由于这种现象，一个富有创造力的人的想法在另一个富有创造力的人的头脑中发生反射，返回时被扩大，让两个富有创造力的人比他们见面前更富有创造力。这种"回响"也解释了为什么苏格拉底、阿里斯托芬①、普罗塔戈拉②、柏拉图等人的出生地之间仅相距数米。

Agorazein 在希腊语中的意思是"到广场去"，而 Agorazonta 也是希腊语，意思是走路，不是走直线，而是往这边走走，往那边走走，以便尽可能多地跟富有创造力的人见面。说到这里，一旦定下了历史是什么时候诞生的，我们就要问自己它什么时候结束。要说历史不会结束是不确切的。比方来说，我们今天所经历的，包括伊拉克和阿富汗战争，不是历史，而是时事。在学校的书本里目前为止还没有，而且是没有正确的。我提议，时事和历史之间应相隔半个世纪。比方来说，法西斯、纳粹不再是时事，而是历史，但恐怖主义还不是历史。我们希望时间尽可能地过快一点，好让人们也能尽早在历史书中读到作为一个曾经出现过，且之后再也不会出现的现象而存在的恐怖主义。

---

① 译者注：阿里斯托芬（约前 450—前 385），古希腊喜剧作家，有"喜剧之父"之称。

② 译者注：普罗塔戈拉（前 481—约前 411）。

用沉默打击恐怖分子

从世界存在的时候开始，恐怖分子就已经存在了。显然他们当时不用炸弹、导弹或其他类似的东西，因为它们当时还没有被发明出来，但火总归还是可以用的。

在公元前四世纪，有一个叫赫罗斯特拉特的老头儿，由于身陷身份认同危机，放火烧了亚底米神庙，仅仅是为了向他自己也向其他人证明，他还活着。

他的言论差不多是这样的："我已经到了八十岁的年纪，却什么重要的事情都没有做过。我不是一首不朽诗歌的作者，我没有雕刻出一座令人难忘的雕像，我不是国家的首领，也不是打胜过重大战役的将军。我必须得做点什么，好被写进历史。"

他觉得放火烧了城市里最美的神庙，即亚底米神庙很是不错，于是他说到做到。由于无法用电话再度复仇，他就赖在火焰的前面，声嘶力竭地大喊："以弗所的人民哪，好好看着我的脸：我是赫罗斯特拉特，烧了亚底米神庙的人！"

以弗所人把他关进牢里（不是疯人院），并判处他永不再被人提起的惩罚是公正的。不仅如此：所有那些提起他的名字，或者总之是讲述他的行为的人也都会被判处同样的刑罚。

好了，我不是心理分析的专家，但我相信彰显自己的存在是人类灵魂中无法割舍的需求。有人通过工作成功做到了，有的人通过艺术，很遗憾，还有的人是通过犯罪做到的。然后，如果我们想想电视和报纸的推广力量，我们就能立刻意识到为什么这些恐怖袭击总是伴随着盛大的活动一同发生了。

说完这些，我问自己：你难道想看到沉默的媒体变成打击恐怖主义的唯一手段吗？事实上，我很肯定，如果没有奥林匹克运动会或是其他盛大的演出活动，恐怖袭击也不会存在。默哀、降半旗、展示死伤者的照片都是对恐怖分子有利的举动。换句话说，在那些需要告诉世界一些什么的人眼里，像奥林匹克运动会一样的舞台是一个他们太过渴求的机会，他们不想错过。

那要怎么做呢？好说：拿以弗所当局来做范例，让全世界的大众媒体都沉默以待，否则就要被指控为恐怖袭击者的共犯。

只需要有一个国际上的协议，比如联合国那样的，问题就解决了。比如：有一枚炸弹在一百米赛跑的看台上爆炸了？解说员眼都不眨，中断转播，播放广告。

梦中数字占卜软件

　　足球彩票的话题把我重新带回到过去。揭开彩票券曾是我在人生中所做的第一份有定期支付的报酬的工作。在 1947 年，我还是个在雅各布·萨纳扎罗高中的年轻学生。和所有跟我同样年纪的孩子一样，我口袋里从来没有过一里拉，但我是处事艺术的大师。在家里，我的父母曾面临着真正的每天的生存问题，我没有任何希望能从他们那里得到什么零钱。

　　有一天，有人跟我说有一个叫 Sisal 的公司 ① 正在招聘整个周日晚上都可以确认彩票奖券结果的孩子。我立马就赶去报名了。我进到一个在路吉亚·圣菲利切 – 沃梅洛大街的一个院子里，在那里我看到有上百个孩子在等待被叫去。半小时之后走出了一个留着胡子的大块头男人，他开始召集那些被选中了的人。有的人被点了名，其他人被点名的时候带着些他们的特点："贾尼·卡坡奇……米米·德拉·加拉……戴眼镜的那个……穿天蓝色套衫的那个……不是你……是你……

---

① 译者注：Sisal（Sport Italia Società Aresponsabilità Limitata）：意大利体育运动有限责任公司，成立于 1945 年，是意大利主要的体育彩票公司。

留寸头的那个……"

　　第一次我没被选上，然后，多亏了一位老者的举荐，我被加进了工作队伍中。问题在于如何能在早上六点以前成功地将所有分配给我们的那些捆彩票核对完，并与此同时不能接到那些潜在彩票赢家的抗议。哪怕只是犯一个错误，整个队伍就都要付出代价。和我们在一起的还有我的同桌，艾迪·克里斯阔洛。艾迪干得极慢，而由于他的过错，每个周日我们队伍总是要冒着再也不会被叫去的风险。"你看这个蠢货呀！"艾迪说，他停下来看着一张彩票券，"他没下注 11 给尤文图斯对亚特兰大，只是因为他想下注 2！没用的：人越是有钱，越是不知道怎么花！"我们全都咒骂他，跟他说快点干活儿，威胁他说这是我们最后一次带着他一起干活儿了。然后，在距离结束还有半个小时的时候，结果我们还是分摊了他落后的部分，一切都还不错。

　　在当了一年的核查员之后我几乎变成了 Sisal 的雇员：我周六两点上班，管理彩票收款处的钱款发放；然后公证员会过来把彩票装进保险箱。我的队伍什么都做，也负责付奖金和去银行存款。周日的晚上，为了多挣几个钱，我们也去开彩票："1×2，1×2"，直到清晨。

　　有一天，我们的一个同事，一个叫杰纳里诺·博洽的，被委任了把一千万里拉带到那不勒斯银行去的工作："动作快点，"我们对他说，"我们之后好去吃张比萨。"一个多小时过去了，连杰纳里诺的影子都没有。有的人开始开玩笑："你说博洽是不是带着一千万跑了呀？"的确，我们再也没见到过博洽。之后有人跟我说，他在巴西见到了博洽。当被问到"你跑到离意大利这么远的地方来做什么？"时，他好像回答说："不干什么，我赢了 Sisal 的彩票，现在正在旅游。"其实，如果好好想想的话，他说的应该是真的。

　　如今所有这些事情都不可能了：现在，开奖用不了五十秒就能完事，也没有高中生能通过为足球彩票工作来解决他们的经济问题了。我们希望卖彩票的地方也能尽快机械化。理想的是一台内置梦中数字占卜的个人计算机，除了能下注，还能帮一把买彩票的人。只要他们用专用的键盘讲述他们的梦境就可以了。"梦到花园里有一辆带血的汽车，还有一个坐在餐桌旁、吃撑了的修道士。"过一会儿，打印机就打出来："下注 18 51 37 82，只下那不勒斯四联号，所有彩票箱都这么下。"

通心粉和无法沟通性

　　三个外国人坐在"卡梅莉娜家"餐馆外最后一张露天空桌子旁。就算不听他们讲话也能立马看出他们是美国人。两个男孩儿和一个女孩儿。干净的脸庞，全都一米八左右，都是健康的形象。

　　"服务员……服务员……三份通心粉。"

　　那个男孩儿在空中挥舞着一个"三"，不像意大利人习惯的那样用大拇指、食指和中指比，而是用美国式的方法，用了中间的三根手指。

　　服务员拖着步子走来。他像机器人一样行进，既不慢也不快。他手里已经拿来了杯子、刀叉和用餐垫纸。他是典型的在便宜餐馆临时打工的服务员：矮小，消瘦，像爱德华多[①]一样瘦削的脸，穿着对他来说过大的上衣和衬衫，戴着跟他的小胡子很般配的黑色领结。

　　"三份花蛤意面？"他一边摆桌子，一边在他们身边问道。

　　"三份通心粉。"

[①] 译者注：爱德华多·德·菲利普，意大利演员、导演、剧作家、诗人。

"我知道是通心粉了，但是要哪种通心粉？意面[①]吗？"

"OK，要通心粉意面。"

"带花蛤的？"

"不是，要通心粉意面。"

"先生，我知道通心粉，但你想要什么样的通心粉？带花蛤的？带西红柿的？"服务员再次问道，像所有不懂其他语言的那不勒斯人一样，他认为用动词的不定式就能让人听懂。

"OK，西红柿。"

"要红酒吗，wain[②]？"我们的服务员用手做着喝酒的人的手势。

"OK，红酒。"

"家酿红酒？"

"OK，红酒。"

"好吧，我看着办吧。但你现在注意一下，先生，"服务员继续说，"你好好看着我……"

"什么？"

"你好好看着我，lucche me[③]（look at me），记住我！别给其他服务员付钱，懂吗？"

---

① 译者注：此处美国客人说的"maccaroni"是意大利面的统称，而服务员说的"意面"是细长条形的面条。

② 译者注：即 wine，"红酒"的英语，此处作者是用意大利语的发音拼写。

③ 译者注：即 look at me，"看着我"的英语，此处作者是用意大利语的发音拼写。

　　"三份通心粉。"

　　"去他的通心粉！我听懂是通心粉了，但你现在得听懂我说的话，"服务员不耐烦地说，"别给其他服务员付钱。注意看我的脸。记住我。懂吗？"

　　"什么？"

　　"这儿有假的服务员。穿得像服务员一样的骗子。不是gud① 服务员。你付钱，他拿着钱，拿着 moni② 跑掉。懂吗？"

---

① 译者注：即 good，"好的"的英语。
② 译者注：即 money，"钱"的英语。

相信我，小修士就在我们中间

　　上个月在米兰有一场失物拍卖会。令人难以置信的是：共成交了2500笔交易，成交物品共计37500件。我原本一直觉得米兰人都是些很谨慎的、一丝不苟的人，跟我们那不勒斯人完全不一样。但是并不是这样的：他们也是些马大哈①。

　　似乎从中世纪开始，就有一种让人分心的幽灵，让人们持续不断地丢东西。这种幽灵作为"惹人讨厌的妖精"被人所熟知。它常常造访富人的宅邸，还经常捉弄女人。在那不勒斯，我们把它叫作小修士。

　　他身材短小，头巨大无比，头戴一顶红色修士帽，只是为了寻开心，躲在人的肩膀上，让他们最珍贵的物品从手中掉落，或是消失。我知道什么？一个人有一个对他的初恋的珍贵回忆？一张老照片？他找不到它了？不用害怕：是他干的，是小修士把它藏起来的。我们之中有个人丢了一个上面有他从小开始记录的他读过的最美的句子的日记本？好了，是他干的：小修士！据说要让他变得没法害人，只需要摘掉他的

_____

① 译者注：此处原文为那不勒斯方言，原意为因为胡思乱想而不专心的人。

红帽子就可以，但据专家所说，这似乎并不容易：他是隐形的。也许你看到他在你面前，而他却在你背后。为了知道更多关于小修士的事，我建议阅读阿洛卡和埃里克的书，标题就是《小修士》，由皮隆蒂出版社出版[1]。

但是，身为工程师，我绝对不能信"小修士"。而事实上，在我混乱不堪的生活中，当我做一件事的时候脑子里在想另一件事，这样的结果就是我做事情的时候会发呆，或是在一种无知觉的状态下把一件物品放进了抽屉，不久之后就开始绝望地寻找它。或者是把我的毕业证书落在了火车上（确实发生过）旁边的座位上，为此我在腓特烈二世大学受了不少罪。有一次，我手里拿着一份《早报》和一瓶矿泉水从我的工作室走出来。我原本想去古罗马广场遗址安安静静地读读那不勒斯的最近的时事新闻报道。好了，不管你们信还是不信，我把《早报》放进了冰箱，手里拿着矿泉水出了门。小修士？不是：只是脑壳……我是想说，只是头脑有的时候不转。

我问自己，科技什么时候能发明出来期盼已久的"寻物器"，或者说是一种新型的、能定位丢失物品的遥控器？这些物品中的每一个都有一个数字编号和一个粘在它上面的微小芯片，只要在专用的遥控器上按下编号，就能响起铃声。把家门钥匙编成 1 号，眼镜 2 号，日程本 3 号，电话簿 4 号，

---

① 译者注：《小修士》，卡尔米内·阿洛卡、朱赛佩·埃里克著，那不勒斯，维多利奥·皮隆蒂出版社，2003 年。

手机 5 号，支票簿 6 号，我就会觉得很安心。

然后就只剩下寻找物品的遥控器了，丢了它，我连自己也能丢了。

哲学家托托

关于喜剧家，每个民族都倾向于过高评价他们自己的戏剧家：德国人吹捧卡尔·瓦伦丁①，的里雅斯特人吹捧安杰洛·切凯林②。这是因为，喜剧表演是以与观众的共谋关系为前提的。这不是我说的，而是柏格森在他的文章《笑》③中说的。如果有一天，在饭馆里，你们偶然看到一群年轻人坐在旁边的一桌，正在哈哈大笑，而他们笑的段子，说实在的，甚至都无法让你们微笑，不用惊讶：他们不是在笑段子，而是在笑一起度过的整个人生。就拿那不勒斯和米兰来说，它们就是两桌相邻而不同的桌子。格雷乔④和泰奥科利⑤没可能让那不勒斯人开心，同理，哥德防线以北的人也百分之一百不可

---

① 译者注：卡尔·瓦伦丁（1882—1948），德国喜剧演员，被称作"德国的卓别林"。
② 译者注：安杰洛·切凯林（1894—1964），意大利的里雅斯特喜剧演员。
③ 译者注：《笑》，亨利·柏格森著，1900年首次出版。
④ 译者注：埃奇奥·格雷乔（1954—   ），意大利北部的喜剧演员、演员、作家和电影导演。
⑤ 译者注：特奥·泰奥科利（1945—   ），意大利北部演员、歌手和作家。

能欣赏玛丽莎·寺利托①和里卡多·帕扎雅②。

　　但我们现在来说托托：为什么他是最出色的？因为他是一个哲学家。我们先说这个：对我来说，我强调，对我来说，卓别林、拉斐尔和贝多芬属于 B 级的艺术家，奥芬巴赫③、古图索④和劳伦斯·奥利维尔⑤是 C 级，还有其他（当然，我要小心不要提及他们的名字）是 T、U、V、Z 级的艺术家。但是这样一来，你们会说：谁是 A 级的呢？"只有哲学家是。"我回答说。而我知道我的这种观点来自柏拉图。谁是哲学家？由于哲学家会持续不断地提及死亡，所以他们能与权力保持距离。谈到保持距离，值得一提的是，柏格森也认为第二点是笑声不可或缺的组成部分（简单来说就是，如果我讲一个关于妻子出轨的笑话，我能让所有人开心，除了那些当时有些家庭问题的人）。

　　好了，这两个条件托托都满足：提及死亡和远离权力。

————————

① 译者注：玛丽莎·劳利托（1951—　　），意大利那不勒斯女演员、歌手。

② 译者注：里卡多·帕扎雅（1926—2006），意大利那不勒斯演员、电影导演、编剧、电视和电台节目主持人。

③ 译者注：雅克·奥芬巴赫（1819—1880），生于德国，后移民法国的作曲家，代表作为歌剧《霍夫曼的故事》。

④ 译者注：雷纳多·古图索（1911—1987），意大利画家和政治家，意大利新现实主义代表画家。

⑤ 译者注：劳伦斯·奥利维尔（1907—1989），英国电影演员、导演和制片人，两次奥斯卡荣誉奖获得者。

他的诗歌《精神层面》①和战斗口号"我们是人还是二等兵？"都证明了我先前所说：在喜剧家之前，他首先是一位哲学家。而且正是他不导演他的电影这一点让我们明白，他不在乎显示出自己是一位电影大师。他时不时地担心他要扮演的电影人物的名字：如果叫特隆贝塔②和拉·夸亚③他就很高兴，如果叫罗西④或比安基⑤他就没那么高兴，因为他不能在名字上做文章编段子了。我现在还有托托众多电影中的一部的剧本。在82页写着："第64幕，布景：夜晚，托托和佩皮诺入镜，全幕说着俏皮话，插科打诨。"然后呢？然后什么也没有了。

如果我生在美国，可能永远都不能认识托托。你们想想这是多么可惜！

---

① 译者注：《精神层面》是托托写于万圣节（基督教缅怀死者的节日）的诗歌，在诗歌中对死亡做出了思考。
② 译者注：特隆贝塔，意大利语中是小号的意思。
③ 译者注：拉·夸亚，意大利语中是鹌鹑的意思。
④ 译者注：罗西，意大利语中是红色的意思。
⑤ 译者注：比安基，意大利语中是白色的意思。

当戴安娜王妃^①在天堂碰到狗仔之王

我们在天堂。天乐伴随着灵魂们在长满鲜花的草地间穿梭。一个七十多岁的男人在大街上闲逛：他一会儿向右走，一会儿向左走。他停下来，环顾四周：很明显，他迷路了。然后，突然之间，我们看他走近了一位气质高雅的女士。他向她询问着什么。

"不好意思，"男人说，"您知道我在哪里能找到费德里克·费里尼吗？"

"哪个费里尼？那个导演吗？"那位女士回答说，"他不在这里。您得在演艺区找他。这里是贵族和皇室家族的区域。在这里，如果您愿意的话，您能遇到法国的路易们，或者也许能碰到萨沃伊家族的什么人。我没搞错的话，您是意大利人吧？"

"我的上帝呀！"男人大喊道，"……那您……您该不会是……戴安娜王妃吧？"

---

① 译者注：戴安娜王妃全名为戴安娜·弗朗西斯（1961—1997），她是英国王储、威尔士亲王查尔斯的第一任妻子。

"对，是我。为什么您这么问？"

"耶稣呀！耶稣，你看我遇到了什么事！我遇到了戴安娜王妃，而我却没带照相机！"

"感谢上帝您没有带！"那位高雅的女士比任何时候都更尖刻地回答说，"为了不被拍照我都死了。而且在这里，在天堂，照相机是被绝对禁止的。我听说在地狱还能找到几个，但在那儿是正常的。还有，如果我们中有人被拍照了，首先就让那个摄影师下地狱。"

"是，但不是所有摄影师都下地狱，"男人反驳说，"比如说，我就是一名摄影师，还是摄影师中最出名的那个，而且如您所见我现在在天堂。干脆，如果您允许的话，我自我介绍一下：我是塔齐奥·塞克齐亚洛里，是那个费德里克·费里尼在《甜蜜的生活》①中用帕帕拉佐的名字让他永垂不朽的摄影师。"

"请原谅我说真心话，"戴安娜王妃坚持说，"我恨摄影师。"

在说"恨"这个字的时候一声非常沉重的惊雷在一瞬间打断了天乐，戴安娜王妃立马改口。

"我是想说我不喜爱摄影师，"这位贵族女士明确道，之后对塞克齐亚洛里阐明了在天堂应该如何表现，"在这里

---

① 译者注：《甜蜜的生活》是费里尼执导的 1960 年的电影，电影中帕帕拉佐的原型是塔齐奥·塞克齐亚洛里。

'恨'这个字是被严令禁止的。如果一个灵魂草率地说出它，立刻就会被斥责。"

"我注意到了。"塔齐奥提出异议，说，"但您看，王妃殿下：摄影师和摄影师不同。有那些为了谋生的，也有那些把摄影视作像绘画和雕塑那样的一门艺术的。"

"你在说什么艺术呀？！"另一个路过停下来听他们谈话的灵魂大喊道，"是以让别人厌恶（又一声惊雷）为主要目的的艺术吗？王妃殿下，请允许我自我介绍，我叫作沃尔特·齐亚利①，我生前和这位先生打过交道。当时我和艾娃·加德纳②交往，他亦步亦趋地跟着我，像影子一样。有一次我还抓住他打了一顿。"

"得了吧！"另一个路过的灵魂打断道，"你跟艾娃·加德纳一起被拍挺高兴的。再说了，让全世界知道你和那个大美妞在一起（第三声惊雷）你只赚不赔。甚至，如果你真想知道我是怎么想的话，到今天为止我还不明白你是怎么进到天堂来的。"

"你怎么敢这么说话！"沃尔特·齐亚利愤怒地反驳说，"而且不好意思，您是？谁叫您来的？在打断您不认识的灵魂们的谈话之前，您至少自我介绍一下。"

"我是谁根本不重要，"最后来的那个说，"我是个认

---

① 译者注：沃尔特·齐亚利（1924—1991），意大利演员、喜剧家、电视节目主持人。

② 译者注：艾娃·加德纳（1922—1990），美国女演员。

为你们演艺圈的人总是喜欢拍照的意大利人。但是，您，王妃殿下，请您真诚地告诉我：如果您死的那天正常地拍了照片，别说假话，您的人生会做何改变？反正您和那位多迪^①一起被他们拍了很多次了。总之，今天您还会活着呢！然而在我看来，结果是您对司机说：'能开多快开多快，后面有摄影师！'"

"显然，"沃尔特·齐亚利打断道，"这位我没有荣幸认识的先生不知道事情的真相。如果我在《甜蜜的生活》的年代跟艾娃去一家罗马的餐厅吃晚餐，服务员立马就会叫来帕帕拉佐……"

"您叫我吗？"塞克齐亚洛里反驳说，"对不起沃尔特，没有任何人叫我。我找得到你是因为我完美地掌握了所有你经常去的地点。"

"我没有特别说是你，"沃尔特·齐亚利明确道，"我是泛指那些狗仔。总之，服务员会给一个摄影师打电话，然后这位就等在出口好给我们拍照。最后，每发表一张照片，那个服务生都能捞到一千里拉，而艾娃会神经紧张。"

这时就该到我卢西亚诺·德·克雷申佐来介入，支持一下可怜的沃尔特了。事实上，事情正是像他所讲述的一样：今如往昔。如果我今天晚上陪着一位女性朋友去一家时尚的餐厅吃晚饭，在我身上可能会发生的至少是那个服务员会给

---

① 译者注：多迪·法耶兹（1955—1997），埃及亿万富翁之子，1997年在巴黎与戴安娜王妃驱车前往别墅途中，为逃避狗仔队的尾随，由于汽车失控车祸身亡。

一个狗仔打电话。与沃尔特的时代相比仅有的两个区别是，手机能让伏击地点更合适，而服务员的报酬不再是一千里拉，而是五十欧元。有人可能会建议我不再跟年轻的女演员来往，但是你们相信我，情况不会有很大的变化的。实际上，我们假设我去跟一个男人一起吃晚饭，或许是跟蒙达多利出版社的一位管理人一起去。好了，那个服务员会做什么？他还是会打电话给狗仔，而且他们还会把助手带过来。我认识一个名叫萨曼莎的漂亮女孩儿，二十一岁，她的工作就是狗仔的助手。以下就是事情有可能会发展的情况。

狗仔和萨曼莎埋伏在餐厅的出口。我和蒙达多利的管理人出来的同时萨曼莎扑到我身上大喊："哦，我的卢恰尼诺①，你怎么样呀？"然后在我的脸上印上莫妮卡·莱温斯基②式的唇印。几天之后同样的事情也发生在伦佐·阿尔伯雷③身上，随后，在意大利众多专门报道八卦的周刊上会爆出一个横跨两页的巨幅照片，左边是萨曼莎抱着卢西亚诺，右边是萨曼莎抱着伦佐·阿尔伯雷，中间是萨曼莎在摄影师的工作室里拍摄的裸体照片。最后，在第二页，用特大号字体写着标题"萨

① 译者注：卢恰尼诺是卢西亚诺的指小词，表示亲昵。
② 译者注：莫妮卡·萨米勒·莱温斯基（1973— ），一名美国活动家，前白宫实习生。1995年和1996年在白宫工作时，美国总统比尔·克林顿承认与她存在所谓的"不正当关系"。这一事件作为"莱温斯基事件（拉链门）"为人所熟知。
③ 译者注：伦佐·阿尔伯雷（1937— ），意大利唱作人、电台和电视台主持人。

曼莎甩了卢西亚诺跟了伦佐"。两家餐厅的服务员每人各得五十欧元，萨曼莎两次都得到一百欧元，那个狗仔能得到两千欧元，而我和阿尔伯雷变成了龌龊的花花公子。

这是谁的错？是服务员、萨曼莎、狗仔还是那些阅读专门报道八卦的周刊的人的错？我认为是最后这些人的错。所有人在理发店都不要购买、阅读这些周刊。但是，注意到这些专门报道八卦的周刊的发行量，我问自己："意大利到底有几百万的理发师？！"最后，我亲爱的读者们，如果你们真的喜欢读这类消息，那就读吧，但是如果你们都下地狱了，你们也别抱怨。

在数字的音符上

  雷纳多·卡乔波利①是谁？他是拜伦，是奥斯卡·王尔德，是花花公子，是从陀思妥耶夫斯基的《群魔》中走出来的角色，是加上了幽默天赋的邓南遮，或者也许就是一个引诱者。确实，至少对我来说，在看第一眼时他就征服了我。我当时只有十七岁，还在上高中三年级。有一天，我的一个已经上了大学的朋友向我提议说跟他一起去麦佐卡诺内路。"今天卡乔波利在，看着吧，你会喜欢他的。"的确如此：我"一见钟情"了。在同一天我决定不就读文哲学院，而是去就读工程学院。他是个诱惑人的数学家，他向我灌输了每一天都无法抑制地想见到他的需求，直至今日，当我想自夸什么的时候，我依然会说："我和卡乔波利一起做了分析和计算！"

  他可能没睡觉，在夜间游览那不勒斯街区的时候弄脏了自己，像美国士兵一样喝了酒，但他总是十分优雅。当他讲课的时候，手在空中挥舞，同时，数学概念在教室里飞舞，照亮我们黑暗的无知。在卡乔波利心里，数字和音符之间一

---

① 译者注：雷纳多·卡乔波利（1904—1959），意大利数学家、学者。

直是平行的。

一天，有记者问他，世界上人们说过的最重要的话是哪句？一开始他回避了这个问题：他感觉无法就这样立刻确定哪句话是真正的最重要的那句。然后，在所有人的坚持下，他开始思考：他闭上眼睛，保持沉默了大概三分钟，也许是四分钟。我们所有人都屏住了呼吸。最后，感谢上帝，他抬起头，用庄严而高傲的音调说："情不自禁。"

亲爱的雷纳多，在上面说点好话

如今确实是在"上面"比在"下面"更快乐。在天堂同托托、佩皮诺、爱德华多和卡罗索内①开始演出就像说着玩儿似的。演出肯定会大获成功。上述有福的灵魂实际上是我们的快乐之父，他们教导我们，第一件事就是要微笑。注意：我说的是微笑，而不是笑。就是这样，因为讽刺的微笑是一回事，喜剧性的笑是另一回事。"你穿着名牌裤子②（你穿着后面带有名牌标志的裤子）"，这是我们想要在适当的时机去追求我们一度爱着的玛卢翠拉③时做出的一种人生选择，说实话，这种做法收效甚微。玛卢翠拉是被要求必须在晚饭时间之前回家，而且无论出于任何原因，没有至少一位男性亲属的陪同下就永不能出门的女孩儿。没有喜欢过类似的一位玛卢翠拉的人请举手。但是正是多亏了卡罗索内，这样的女孩儿让我们不止一次做白日梦时梦到。

---

① 译者注：雷纳多·卡罗索内（1920—2001），意大利唱作人、音乐家。
② 译者注："你穿着名牌裤子"原文为那不勒斯方言，是雷纳多·卡罗索内的一首流行歌曲《你想当个美国人》中的歌词。
③ 译者注：玛卢翠拉是雷纳多·卡罗索内同名歌曲中的女主人公。

也许总是感觉过去比现在更美好，但可以肯定的是我们过去肯定比今天更快乐。那时也许我们兜里没多少里拉，没有汽车，没有摩托车，而且感谢上帝，没有手机。我还记得大学一年级的学生们。二十世纪五十年代的歌曲，范弗拉·达·洛迪[①]男爵，各种小饭馆，以及雷纳多·卡罗索内的初期小歌曲：《撒拉逊人》《你想当个美国人》《托雷罗》和《骆驼和石油》。显然，它们跟那些说唱歌曲没什么联系，我们就承认吧，说唱歌曲从未让我们浮想联翩过。然后我们再对比一下我们当时的表情和现在我们的孙子们脸上的表情。你们在最近的五年中有没有进过一家迪厅？孩子们脸上死气沉沉的表情比人能想象得到的还要死气沉沉，就好像他们经历了什么无法挽回的不幸一样。敢不敢打赌，正是现在这些玛卢翠拉的认可让他们失去了征服的快乐的？

亲爱的雷纳多，我希望有一款超级手机，能让我从这里跟在那里的你说话。我会告诉你，在这苦难的世界里一天一天地都发生了什么。而遗憾的是，如今只有坏消息：汽油价格再次上涨了。都是因为意大利没有石油的错。再说，你已经预料到了这件事："你看挖洞多奇怪，这儿又没有石油。[②]"

---

① 译者注：范弗拉·达·洛迪（1477—1525）是意大利广受欢迎和出名的战争英雄，一生为佛罗伦萨而战。《范弗拉·达·洛迪男爵》是一首反战歌曲，此外他在众多艺术领域都被视作英勇战士的原型。
② 译者注："你看挖洞多奇怪，这儿又没有石油"原文为那不勒斯方言，是雷纳多·卡罗索内的一首流行歌曲《骆驼和石油》中的歌词。

还是说起老歌，我们在足球上也糟糕透顶：我们的主力队伍那不勒斯队不如从前优秀了。唉，说起这个，你在天堂不能做点什么吗？也许有一天早上你和天主踢足球的时候，可以边踢足球边唱："对就是你小子，去踢足球[①]"，然后向他请求施展一个小小的神迹。

① 译者注："对就是你小子，去踢足球"原文为那不勒斯方言，是雷纳多·卡罗索内的一首流行歌曲《小孩儿》中的歌词。

反动分子的一天

圣塞维拉侯爵奥达维奥·杰罗撒每天早上习惯到他在卡罗·波埃利奥路上的老宅子去，然后，像他所说的一样"缓步"走向游艇俱乐部。有的时候走帕尔特诺佩路去，有的时候如果太阳太大，就走齐亚塔莫内路去，侯爵的散步时间从来不会少于半个小时。他五十六岁了，但看起来就像是四十五岁，他乌黑的头发刚开始出现斑斑点点的灰色。侯爵保持着典型的二十世纪三十年代的绅士的外表，这主要归功于他那双色的皮鞋，和他的外衣翻领上总是让他变得文雅的白色栀子花香。

奥达维奥·玛丽亚·埃马努埃莱·杰罗撒，圣塞维拉和韦诺萨城堡伯爵，在他活到现在的五十六年间从没工作过。他那侯爵夫人母亲（maman①）每天早上给他在床头柜上放二十欧元，而他对这微小的钱数心平气和，他还是能用这点钱在白天里用最大限度地捍卫自己个人尊严的方式安排自己的。

在俱乐部里，他的到来已经成为一场既定的仪式。侯爵首先会让第一男仆路易吉读报纸（刚印出来的报纸会弄脏手，

---

① 译者注：maman 是法语中"妈妈"的意思。

而且如他所说，有的时候也会弄脏灵魂），如果天气晴朗就在阳台，如果阴天就在厅内。总之那场景总是相同的：侯爵靠在一张扶手椅上，而路易吉站在他旁边给他念标题。

读完并且评论完当天的时事之后，他转到另一个计划中的固定事项。

"早餐有谁预约了？"

"目前为止，"路易吉说，"只有斯卡莱蒂骑士来了。"

"吉吉①，我还要跟你重复说多少次，我无法和斯卡莱蒂一起吃饭。斯卡莱蒂是个针织品批发商。在选举时我还投了他的反对票。现在我明白时代已经不像从前那样了，但一切都要有个底线：我无法和斯卡莱蒂一起吃饭。我们再等半个小时看看。如果没人来的话，我就去跟水手们一起吃饭。"

"好的，侯爵大人，我不是想多嘴，但恕我冒昧地说，如果斯卡莱蒂骑士能见到您，他会对能当您的宾客感到非常荣幸，而且……"

"是，是，我知道；我也知道他向你承诺了如果能说服我就会给你一大笔钱。但是我的吉吉诺②呀！你相信我：商人最好和商人在一起，诚实的人和诚实的人在一起。"

如果没讲明白的话，我解释一下，侯爵每天早上都接待俱乐部的客人。如果不接待客人，或是没有邀约，或是前来拜访的成员资质不够，圣塞维拉侯爵奥达维奥·杰罗撒就会

①② 译者注："路易吉"的爱称。

下到厨房，同水手们一起吃饭。

"但是侯爵，请让我明白一件事：您不愿意同斯卡莱蒂一起吃饭，然后您去跟水手们一起吃饭？我问自己：这个斯卡莱蒂对您做什么了让您如此反感他？"

"他没对我做什么，也总归不能对我做什么，但他是属于一个令我无法容忍的族类：资产阶级的人。如果你认为我忘记了法国大革命，那你就大错特错了。什么是资产阶级分子？就是根据别人口袋里有多少钱来评价别人的人。"

"是，但是您，侯爵大人，和水手们一起……"

"水手属于人民，而人民是高尚的。高尚意味着对自己现在的样子感到骄傲。而资产阶级分子则是想成为他不是现在的样子：更富有，更有地位，等等。"

"但他们工作。"

"没错，他们工作。你说这个是想揭露我不工作。"

"看在上帝的面子上，侯爵大人，我怎么敢哪！"

"吉吉，我的家族可以追溯到十三世纪。在第八次，在突尼斯的十字军东征中，我的祖先和路易九世并肩作战。我现在五十六岁。假如我能找到一份工作，况且我并不认为我能找到，我还能工作多长时间呢？五年，最多六年。你想让我为了五六年的薪水破坏家族七个世纪以来的传统吗？吉吉，我们别说蠢话了。我希望我能从那些无赖至极的租客们那里搜刮一些欧元，如果不能的话就忍着点儿：那意味着我们得去跟斯卡莱蒂骑士一起吃饭了。"

永葆青春的秘密

巴德尔酋长凭着石油想赚多少就能赚多少，也就是说，每年能赚数以千万计的美元。

他不知如何消费他那庞大的财富。他拥有十多栋别墅，分散在世界各地：沙特阿拉伯、欧洲、美国。他有一个由三十一个妃子组成的后宫，一个月每天一个，他还有上百个随时准备着满足他的任何要求的仆人。

同时，石油价格还在每天上涨。对他个人而言，至少为了满足那些最贫穷的国家的诉求，他也想降价，只是他的同行不允许他这么做：他必须保持他的同行们定下的价格。

但是，在一个好日子，他满五十岁了，于是他发明出了一种新的花钱方式。他聘请了七个科学家，都是生物科技的专家，并且决定要克隆自己。

"我的先生们，"他说，"我决定创造出另一个我自己，好让他时刻准备着成为我的替代品。但是，我不要求这第二个巴德尔也有脑袋。甚至，我更希望他没有脑袋。他只要健康、强壮地成长，等着被派上用场就可以了。"

没有人提出异议，至少是看在能得到一笔梦幻般的高薪的面子上，也没必要钻道德问题的牛角尖。

　　另外，由于酋长的克隆体没有脑袋，他都不会受折磨。事实上，他一生下来就被放在一个水平的冷藏仓里，上面被盖上了一个玻璃盖子，好在他成长的时候能让酋长看到。

　　二十年过去了。巴德尔已满七十岁，并且他的肝上有点小毛病。事实上他的肺也有水肿的迹象。

　　医生中有人说要同时做两次移植，而另一个建议他的老板只移植肝脏，然后不再抽烟。

　　像往常一样，是他，巴德尔，想出了天才的主意。

　　"我的先生们，"他对来参加讨论会的七位科学家说，"我希望只做一次移植，移植大脑。如果像所有人所说的那样，人类身体中的器官里，大脑最能经得起时间的考验，那你们现在就取出我的大脑，把它移植到我的克隆体上，这样我就能重新在一具只有二十岁的年轻的身体里生活了。至于我的身体，就把它丢掉好了。"

　　实际上，巴德尔酋长发现了永葆青春的秘密。

　　科幻小说？

　　我不知道，也许这事儿真的会发生呢？

柏拉图的信札还是亚里士多德的电报

那不勒斯，1948 年六月：在雅各布·萨纳扎罗高中举行的高中毕业考试，翻译希腊文。我们一共四十人，二十八个是寄宿生（三年级 E 班），十二个是眼神发慌的私立学校的学生。在我身后坐着一个满脸皱纹的男人。看到那张脸人们可能都会猜他已经三十了。他叫坎切罗，是从非洲前线回来的士兵：他留着长胡子，穿着皱皱巴巴的衣服。他的整个外表都刻意地带着勒索的气质。他还没来得及坐下，就在我的一只耳朵旁边嘶嘶地说："欸，你帮帮我，明白了吗！"而我立刻就明白了，这不是一个请求，而是一个命令。

就我个人来说，我不记得我害怕过高中毕业考试，尽管当时所有科目都要学，而且每门课都要学三年。当然了：我们在身体上经历了些磨难。在去考试之前的两个月我们的全部时间都用来学习：白天黑夜地埋在书本里，一直在读，一直在高声重复和互相提问。我们能若无其事地从布匿战争说到三角函数，从《疯狂的罗兰》^①说到硫酸的化学式。我的母

---

① 译者注：《疯狂的罗兰》是卢多维科·阿里奥斯托（1474—1533）所著的骑士长诗。

亲在我去休息的时候在我的额头上放上一片切好的生土豆片。她说："土豆有益于记忆力。"我相信了。而我的父亲破格地为我在晚饭时准备了热的大西洋鳕鱼。然后，为了在家里其他人面前辩解，他补充说："这小子需要补磷！"

当希腊语教授拿着装了翻译卷子的信封走进教室的时候，他首先用难以相处的眼神环顾了一圈，然后直接指着那个正在吸烟的归来兵说："这里不是歌舞咖啡厅，这里不许抽烟。"然后从他嘴里一把夺走了香烟。"耶稣呀耶稣，"那个归来兵惊讶地说，"我都考了多少高中毕业证了，我总是抽烟的！"

说实在的，那份翻译试卷并不难，而且我们寄宿生都很不错：在学年中我们做了很多练习，最厉害的孩子甚至能直接从希腊语翻译到拉丁语，都不用意大利语做过渡。而归来兵连试也不试，他只是看着我，让我别走神。他有一份优秀的翻译试卷可以抄，最后他微笑着送给我了一个手动卷烟用的小机器。"我们明天见。"他对我说，并从那一刻起把我放在他的保护之下了。

我们在六月升级的人，四十个中只有九个。我是他们中的一个：我的平均分是七分，数学八分，体育八分。我的父亲得知成绩之后就一直停留在下面门厅的画作旁边，向所有好奇地前来询问的人说出我的分数："这是我儿子。"他自豪地说，然后，就好像这还不够清楚一样，他补充说："我是他的父亲。"

除去我父母的关切不谈，在二十世纪四十年代没有重视年轻人的问题的习惯。考过升级仅仅被视作一份义务，或者更好的说法是，这是孩子必须至少为给他机会继续学到高中的父亲做出的回报。

今天不再是这样了：准毕业生们一天一天地被日报、电视台报道、大众传媒和自己的老师们跟随着、宠爱着、采访着、疼爱着。所有人都想知道他们对考试难度的看法。"翻译卷纸太长太难了，而且它还是希腊语的！"哦，可怜的孩子们，真是太遗憾了！这意味着下次为了让你们满意，我们要让你们翻译一封亚里士多德的电报，而不是柏拉图的信札了。

领导人抽签

批评意大利广播公司的提名毫无用处，也没有可能把这事儿办好。如果按政府党派来区分他们，你就是根据政治力量分摊职位。如果只任命一个党派的人，你就是试图发动政变；如果你选任新面孔，你就是任命了没有经验的人；如果你选择了有经验的人，你就是重新利用。总之，转来转去，你总是错的。

唯一的解决办法是发明一种介于根据政治力量分摊职位和抽签之间的新的选举系统。这样的话，于是，我的提议如下：每一个政党基于最近的选举中所收到的选票数提出一定数量的候选人，然后在他们之中，进行第二轮的抽签。这样一来就没人能咒骂什么了，除非是抽到了坏签。

抽签是一种历史悠久的选举机制。亚里士多德在雅典人的《宪法》中强烈建议采用抽签体制，并把它的出处归功于睿智的梭伦 ①。在那个年代，每个党都会起草一份有资格的市民的清单，然后在这些人之中举办一场巨大的抽签选举。希

---

① 译者注：梭伦（约前 638—约前 559），古代雅典的政治家、诗人。

望众神也承担起责任，就像是想告诉雅典人结果一样。

而提起上帝，怎么能让人不记起，在犹大的背叛之后，要更换第十二名使徒的时候，在犹士都的约瑟和马提亚之间也曾进行过一次抽签？

"哦，主呀，您知晓我们所有人的心思，"使徒们恳求道，"向我们展示这两人之间谁更适合替代那个无耻的背叛者留下的位置吧。"

"于是他们交给抽签来决定，抽签指向马提亚①"，即他们扔了骰子，抽签的结果指定了马提亚。

同样的做法也可以在每次需要举行决选投票时实施。比如：当两名市长候选人获得的选票之间的差距小于百分之十的时候，不用举行第二轮选举，直接进行一次抽签就可以，也许还能附带一场电视表演，让一个小孩儿蒙住眼睛，请来穿着各个候选人颜色的衣服的舞蹈演员，还有为获选者唱赞美诗的合唱队。再说，还能配上一场盛大的全国彩票抽奖，以便支付选举的开销。

这有点像十七世纪热那亚的做法。那时，为了任命议会的五名成员，发明出了抽彩赌博。抽签在广场上举行：候选人们的脖子上挂有一块竞选号码牌，人们打赌哪五个数字会被抽中。最终所有人都很满意，拿着赢票的人、被选中的议会成员，甚至是那些没有被选中的人：至少他们不是被对手

---

① 译者注：此处原文为拉丁文。

打败的，而是被运气打败的。

如果在意大利，从战后到如今，能采取抽签作为第二轮选举的方式，就不会出现四十年的天主教民主党统治了：DC[1]迟早会输掉选举的。

抽签的另一种运用可能用在竞标上；越是由运气决定选择结果，获利系统就越会陷入困境。比如，这样就不可能在任命的几天前行贿了。

总结来说，完全有先决条件建立新的政党：DC，即意外民主党[2]，或者是PCI[3]，意大利意外党，又或者是PSI[4]，意大利运气党，这里的运气是指侥幸，是意外使然。

天哪！到现在我才意识到DC，PCI和PSI可能不行：它们都是已经被使用的缩写，可能会让人产生误解。当然了，如果在意大利我们连新的名称缩写都找不出来，就真的糟糕了。

---

① 译者注：DC（Democrazia Cristiana），即天主教民主党。

② 译者注：意外民主党（Democrazia Casuale）和天主教民主党的首字母缩写相同。

③ 译者注：PCI（Partito Comunista Italiano），意大利共产党。与"意大利意外党（Partito Casuale Italiano）"的首字母缩写相同。

④ 译者注：PSI（Partito Socialista Italiano），意大利社会党。与"意大利运气党（Partito Stocastico Italiano）"的首字母缩写相同。

一个廉价的梦

当有人买国家超级大乐透中了大奖的时候，就听不到人谈论别的事情了。而且除这笔巨额奖金之外，任何的奖金都被视作打发乞丐的小钱。不管人们喜不喜欢，情况就是这样。

抽彩赌博是怎么诞生的呢？这是一个古老的故事：直接能追溯到四百三十多年以前，具体是到 1576 年。它的名字原本叫作"选举游戏"，诞生于热那亚。由于需要选举三名共和国议员和两名地方长官，九十位家族的家长被召集到广场上，显然都是正直纯洁的人。每位候选人都在脖子上挂着一个小号牌，而人们打赌哪五个人会当选。赌博收入的三分之一会发给赢家，三分之二的钱会给组织者。一开始这项游戏遭到了反对，但之后正是由当局组织了这次游戏。换句话说，当局意识到这是一种前所未有的、能从贫穷的人民手中夺来一点钱财的方法。

八十年后，一些热那亚商人来到那不勒斯，重复了这种做法。但是这次没有要选举的议员，而是选出了九十个待嫁的姑娘，在她们之中抽出五个送嫁妆。于是"选举游戏"改名叫作"受益者游戏"，也就是"受益游戏"，而时至今日，在人口众多的街区还总是有人会这么称呼抽彩赌博。据历史记载，1657年4月23日的第一次抽彩抽出了下列数字：18、36、41、46、70。

在我看来，抽彩赌博是一件严肃的事情。在一个生存问题被置于经济问题之后的国家，一个无论多么渺茫的赚钱的希望都比发现UFO或是等待救世主更能吸引人。就这样在抽彩赌博周边派生出了一些新的职业：首先就是"受助者"，也就是一个在超自然的力量的帮助下，能够有偿建议下一次抽奖的号码的人。

这里就得提到炼狱了。在那不勒斯人和炼狱中的灵魂之间诞生了一个双方互助的契约：活着的那不勒斯人为去世的人的灵魂祈祷，而灵魂则必须进到梦里，或是那个那不勒斯人本人的梦里，或是那个为他服务的"受助者"的梦里。如想得知更多信息请参见马蒂尔德·塞拉奥 ① 和朱赛佩·马罗塔 ② 的书。据专家所说，每一百万居民之中至少有七十二个人是"受助者"。著名的"受助者"有卡伊·卡伊、萨普塔洛修士、姆布利亚克公仆、布提廖内和拉图索修士。最后这位为了告诉他的客户数字，会"触碰"他们身体的一些部位，每一个部位都在梦中占卜中代表着一种数字。比如：鼻子"是"43，一只耳朵"是"14，胸部"是"28，臀部"是"16，胸部和

① 译者注：马蒂尔德·塞拉奥（1856—1927），出生于希腊的意大利女性新闻记者和小说家。

② 译者注：朱赛佩·马罗塔（1902—1963），意大利作家、剧作家、作词人。

臀部同时碰"是" 44（28+16）。

总体来说，问题不在于赢，而在于梦想，不能否认的是，这一次国家给人㞕提供了一个廉价的梦。

重生之人联合会

亲爱的朋友们，我向所有五十岁及以上，像我一样在某一天经历了重生的人发起呼吁：好了，我们，亲爱的朋友们，我们有了第二次生命，我们应该组成一个联合会，一个非常团结的团体，一个理想中的、生活在同一旗帜下的兄弟会：那旗帜正是"重生"。现在我来向你们解释为什么。

你们这么多年来从事着一份"正经的"、专业的、忙碌的工作，压抑着或假装那持续不断的、固执地建议你们去写作、绘画、作诗的嗡嗡声不存在的人，现在重生了。

"我退休了……孩子们都大了……家里空荡荡的……现在我能投入我曾经一直梦想着做的事情了，就这样，当个业余爱好，用来消磨时间。"这就是错误所在，你们的爱好不是填充物；在这时户口登记人就要介入了："张三先生和李四女士于今天，某年某月某日诞生。"日期是你们终于完全、绝对投入地拿起画笔、钢笔或任何让你们能感觉自己从头到脚都像个艺术家的东西的那一天。

你们看我：卢西亚诺·德·克雷申佐，二十五岁（等一下，我说的是几年之前），工程系的年轻毕业生，被 IBM 任用，前程似锦（"多好呀，有一份稳定的工作；耶稣呀！真的是太幸运了。"我姐姐说）。

这个出色又幸运的年轻人做了近二十年他那似锦的前程让他做的事情，但心里总是有个嗡嗡的声音说"写作吧，写作吧，创造人物、情景、故事吧……"。我热爱哲学，我感觉德谟克里特、恩培多克勒、毕达哥拉斯出现在我面前的电脑里，比着手势，用那不勒斯话对我说："你出来①……"，因为"我的"苏格拉底前哲学家们都有点那不勒斯味儿。

有一天我得了流感，在家里躺了一个星期，然后回到工作岗位，问我的秘书："谁来找过我？""没有人。"她回答我说。于是我递交了辞呈，我的姐姐喊道："耶稣呀！他疯了！"

于是我过上了非常简朴的生活，留意所有开销。我有意到户口登记人那里说："请您消去之前的日期，写上卢西亚诺·德·克雷申佐在今天诞生。"

像找到第二份工作的人一样，我们可能需要从头开始，过第二个人生。

这就是为什么我们需要建立这个团体：重生之人的联合会。

---

① 译者注：原文是那不勒斯方言。